Le miroir d'aubépine

Ange Lartier

Les enquêtes de l'inspecteur Laplante

Messieurs,

Je m'appelle Pierre Divitry. Je suis celui que la presse surnomme le tueur au miroir d'aubépine.

Je suis né à Saint-Étienne, le 13 juin 1972. J'ai vécu la majeure partie de mon enfance à Bouquetot avec mon grand-père, un homme extraordinaire.

Ma mère était incapable de s'occuper de moi, quant à mon père…
La drogue les a emportés, tour à tour, un dimanche de juin, peu avant mon dixième anniversaire.

Élève brillant, j'ai intégré une prestigieuse école d'ingénieur, mais très vite, j'ai dû abandonner mes études, faute de moyens financiers.

J'ai vécu grâce à des petits boulots, tout en me consacrant à ma passion du football.

Ma vie était loin d'être parfaite, mais je m'en contentais.

Mais, un secret me rongeait. Un fardeau pesant que je n'arrivais pas à oublier.

Comment peut-on agir de la sorte ? Comment vivre la conscience tranquille après cela ?

Longtemps, j'ai pris sur moi-même. Longtemps, j'ai voulu croire que ce n'était qu'un cauchemar.

Que pouvais-je faire d'autre ?

Mais, on n'oublie pas une chose pareille et l'on ne peut réagir à l'horreur que par l'horreur.

Celle qui a préféré fermer les yeux sur la vérité a tracé mon chemin sanglant…

******

La matinée était chaude en ce mois de juillet au commissariat. Le système de climatisation ne marchait plus et la canicule faisait rage depuis plusieurs jours.

Le courant d'air faisait claquer les portes, de temps à autre, donnant un peu de vie à l'ambiance assommante de ce début de journée.

On aurait pu entendre une mouche volée.

Gladys rédigeait silencieusement un rapport sur son ordinateur, tandis que Jean-Marc classait quelques dossiers.

Dans le bureau de Laplante, Jeanne et l'inspecteur consultaient encore et encore les pièces de l'affaire du tueur en série qui sévissait dans la région depuis plusieurs semaines.

Le tueur au miroir d'aubépine !

Les journalistes avaient eu le don de trouver un surnom plutôt poétique à ce criminel diabolique.

Les reporters s'étaient appuyés sur le fait que le tueur utilisait un morceau de miroir brisé pour tuer ces victimes en les égorgeant. Puis, il posait dans la main droite de la défunte, un rameau d'aubépine. La symbolique de ce geste était un mystère pour les enquêteurs, mais Laplante était déterminé à l'empêcher d'agir à nouveau.

— Récapitulons ! dit l'inspecteur. La première victime s'appelait Josy Duraille, 35 ans, morte dans son salon, le 4 mai. La pauvre femme a été égorgée avec un morceau de miroir brisé. On l'a retrouvée assise sur son canapé, le corps calé par des coussins, un rameau d'aubépine dans la main droite.

— C'est exact ! dit Jeanne, en grimaçant devant les photos de la scène de crime.

— Sandrine Marckavel, 32 ans, morte dans sa cuisine, le 9 juin. Elle aussi a été égorgée avec un morceau de miroir brisé. Comme Josy Duraille, elle tenait un rameau d'aubépine dans la main droite. Après sa mort, l'assassin a pris soin de l'asseoir sur une chaise, en face d'un poste de télévision allumé.

— Sordide !

— La troisième victime s'appelait Delphine Bivon, 31 ans, retrouvée morte, assise dans son lit, le 24 juin, la gorge tranchée par un morceau de miroir brisé. Toujours le rameau d'aubépine dans la main droite. En face d'elle, la télévision de sa chambre était allumée.

— Pauvre fille ! dit Jeanne, en s'apitoyant sur le cliché morbide qu'elle tenait entre ses doigts.

— La dernière victime de ce fou furieux se nomme Andréa Carnigot, 34 ans, morte le 3 juillet. Elle a été retrouvée assise sur son canapé, comme la première victime. Elle devait lire tranquillement au moment du meurtre. En effet, un livre couvert de sang a été retrouvé sur ses genoux. Dans sa main droite, un rameau d'aubépine. Et devine quoi ?

— La télé était allumée !

— Exact ! La télé était allumée.

— Pourquoi se donner autant de mal pour mettre en scène ses victimes ?

— C'est ce que je cherche à comprendre. Le tueur utilisait toujours le même mode opératoire. Ces victimes étaient des femmes seules, minces, blondes, cheveux très courts, de petite taille, dans la trentaine.
Chaque meurtre a été perpétré chez la victime. Sur les quatre homicides commis par ce fou dangereux, aucune infraction n'a été commise. Chacune des victimes laissait entrer son meurtrier sans résistance.

Pas de lutte, pas de vol.

— Les victimes connaissaient sûrement leur assassin.

— Sans doute ! Quatre meurtres en deux mois ! dit Laplante. Où va-t-il s'arrêter ?

— Je ne sais pas ! En tous les cas, le dossier est maigre. Les témoignages n'ont rien donné de concluant.

— Oui, mais nous avons son profil ADN.

— C'est un fait, mais il n'a matché avec aucun autre profil de la base de données.

— Ce n'est qu'une question de temps ! On attrapera ce salopard !

*****

5 ans plus tôt...

Ma valise à la main, je sonnai à la porte de la propriété d'Hector Beaumont-Joinvillier. C'était mon premier jour de travail à leur service.

Je pensai qu'un majeur d'homme guindé me recevrait, mais ce ne fut pas le cas.

Hector Beaumont-Joinvillier, fringant malgré ces 82 ans, est venu ouvrir la porte personnellement.

Cheveux gris, yeux bleus, une fine moustache et très peu de calvitie, un sourire avenant et un charisme indéniable définissaient l'homme d'affaires à la retraite.

— Bonjour ! Entrez ! Je vous en prie ! me dit-il, avec un sourire accueillant. Suivez-moi jusqu'au petit salon. Je vais vous présenter mon épouse.

Les mains tremblantes, le pas mal assuré, je suivis le vieux monsieur dans les couloirs luxueux de sa demeure.

— Je vous présente ma femme, Annette Beaumont-Joinvillier.

Une vieille dame, en tailleur Chanel, était assise sur le canapé en cuir du salon.

— Bonjour ! dis-je, timidement.

— Enchantée ! dit Annette. Posez donc cette valise dans un coin. Je vous montrerai vos appartements plus tard. En attendant, c'est l'heure du thé. Joignez-vous à nous, si vous le voulez bien afin que nous vous expliquions vos nouvelles fonctions.

J'écoutais d'une oreille attentive. J'étais aux anges. J'avais trouvé le travail parfait.

Ici, je ne risquais plus rien ! J'avais réussi à lui échapper. Pour toujours !

******

Dans son immense appartement luxueux, Noémie Pissarel regardait la télévision en se rongeant les ongles. Les actualités régionales la mettaient dans tous ces états depuis quelques semaines.

Le profil des victimes du tueur au miroir d'aubépine lui correspondait point par point. Une jeune femme entre 25 et 30 ans, petite, blonde, mince, cheveux courts. Noémie s'était mise dans la tête qu'elle pourrait être la prochaine victime.

Fille d'un industriel puissant de la région, Noémie avait toujours vécu dans l'angoisse que ses parents lui avaient transmise involontairement.

Enfant, elle avait peur d'être la victime d'un enlèvement avec rançon. Adolescente, elle avait peur de se faire violer par un cambrioleur entrant dans sa chambre en pleine nuit. Après de nombreuses séances de psy, Noémie avait réussi à en finir avec ses démons. Elle était entrée joyeuse et insouciante, dans le monde des adultes.

Enfin presque ! Car une petite lueur d'anxiété brillait toujours au fin fond de son âme.

Et lorsque Noémie Pissarel prit connaissance des deux premiers meurtres du tueur au miroir d'aubépine, ses peurs enfouies remontèrent à la surface.

Elle nourrissait la hantise de faire partie des victimes de ce fou dangereux. Pour elle, c'était comme une évidence.

C'est alors qu'un coup de sonnette la fit sursauter.

Tremblante de peur, elle s'approcha de l'œilleton de la porte pour regarder qui venait lui rendre visite. Elle n'attendait personne.

Noémie fut soulagée lorsqu'elle vit à travers le judas optique une jolie petite brune aux yeux noisette. Son amie Aline.

Elle ouvrit la porte rapidement.

— Entre ! lui dit-elle.

— Tu as l'air anxieuse ! dit Aline. Qu'est-ce qu'il t'arrive ?

— J'ai peur !

— Peur ? Mais de quoi ? Ne me dis pas que c'est encore ce tueur en série, le tueur au miroir d'aubépine qui t'effraie !

— Si ! Ils en ont encore parlé à la télévision. Tu imagines si je faisais partie des victimes de ce cinglé, moi aussi. Mon profil correspond !

— Ne dis pas de bêtises ! dit Aline, en prenant son amie dans ses bras. Tu vis les jours les plus heureux de ta vie, et toi, tu gâches tout avec cette histoire sordide.

— Oui, tu as raison ! dit Noémie. Il faut que je sois plus rationnelle.

— Pense à ton mariage. Dans cinq jours, tu seras madame William Miargot. D'ailleurs, où est l'heureux élu ? N'est-il pas avec toi ?

— Non, je suis seule ce soir ! Il a une réunion tardive au bureau avec papa. Il m'a dit qu'il ne passera pas me voir après la réunion et qu'il rentrera directement chez lui, car il sera fatigué.

— Ah d'accord ! William travaille beaucoup trop. Il va tomber malade s'il continue.

Le visage de Noémie s'assombrit.

— Aline, puis-je te confier un secret ?

******

Depuis trois jours, Pierre Divitry s'était installé pour une semaine dans une chambre d'hôtel miteuse. Il avait payé son séjour, d'avance et en liquide, comme l'exigeait la patronne de l'hôtel.

Cette grosse bonne femme vulgaire lui rappelait étrangement la tenancière d'une maison close qu'il avait fréquentée lors d'un séjour en Belgique, il y a de cela quelques années.

En revanche, son chien était beaucoup plus sympathique.
Pierre adorait les animaux.
Il avait passé son premier après-midi à l'hôtel à jouer avec le berger malinois dans la cour arrière.

Un moment très agréable qui avait permis à Pierre d'oublier le stress qu'il ressentait ses dernières semaines.

Car depuis qu'il avait rouvert cette boite en carton bleu, ce fameux mardi du mois de janvier, un déclic s'était produit en lui.

Il avait enfin compris ! Il savait ce qu'il devait faire ! Alors, il avait tout organisé minutieusement, durant près de trois mois.

Début avril, il entama le périple de sa renaissance, comme il l'avait appelé.

Le vieux poste de télé aux couleurs saturées de rouge diffusait dans la chambre d'hôtel une ambiance joyeuse qui contrastait avec cet endroit sordide.

Mais, Pierre Divitry n'écoutait pas la télévision.

Son esprit vagabondait sur les pages de son agenda, car il était méticuleux, Pierre. Il notait tout sur ce petit carnet vert et jaune. Juste pour ce souvenir.

Ses yeux glissaient sur les mots qu'il avait notés au fil des pages.

Il esquissa un sourire satisfait. Il arrivait presque au bout de sa mission. Il les avait comptés et recomptés, maintes et maintes fois. Il n'en restait plus que trois.

C'était peu et tellement à la fois.

Toute l'énergie qu'il déployait à chaque fois le mettait K.O., pour quelques jours. Mais, une fois terminé, il savait qu'il pourrait tourner la page. Prendre un nouveau départ.

Cependant, avant cela, elles devaient mourir. Toutes !

******

Fatigué par la chaleur pesante de la matinée, l'inspecteur Laplante rentrait chez lui d'un pas trainant.

Cette histoire de tueur en série l'irritait beaucoup, mais la perspective de retrouver sa femme Anaïs, et sa petite Rose lui donnait du baume au cœur.

— Bonjour ! C'est moi ! dit-il, gaiement, en ouvrant la porte.

— Bonjour ! dit Anaïs, assise sur le canapé, en train d'allaiter son bébé de trois mois.

Une immense joie remplit le cœur de l'inspecteur. Comme à chaque fois qu'il rentrait chez lui, il ne pouvait s'empêcher de penser qu'il avait failli perdre sa femme et son bébé quelques mois plus tôt. Il mesurait la chance qu'il avait de les voir vivantes, toutes les deux, sur ce canapé.

— J'ai préparé des gnocchis à la sauce pesto ! dit Anaïs.

— Hum ! dit Laplante, en salivant à l'idée. Je commandais souvent ce plat lorsque nous allions au restaurant chaque lundi midi.

— Oui, je m'en souviens. C'est pour cela que j'ai voulu te faire plaisir. Avec l'arrivée de Rose, nos petits rendez-vous du lundi, au restaurant, ne sont plus que de doux souvenirs et j'ai un peu la nostalgie de cette époque où nous nous retrouvions comme deux adolescents amoureux.

Laplante s'approcha de sa femme et la prit tendrement dans ses bras. Il savait qu'elle avait besoin de réconfort en ce moment. Anaïs était en proie à ce fichu baby blues et l'inspecteur éprouvait un sentiment total d'impuissance devant ce phénomène.

Il s'était pourtant renseigné sur le sujet. Mais en vain ! Il se sentait complètement inefficace.

— Que nous soyons ici, au restaurant, ou à l'autre bout du monde, dit-il, tendrement, je suis amoureux de toi comme au premier jour et rien ni personne ne pourra changer cela.

Sans rien dire, Anaïs logea sa tête dans le creux de l'épaule de son mari. Elle ferma les yeux et se laissa envahir par tout l'amour qu'il inondait.

Laplante posa affectueusement les yeux sur la petite Rose. Elle tétait goulûment le sein de sa mère.

— C'est fou ce qu'elle me fait penser à Rémi ! murmura Laplante, perdu dans ses pensées.

— Qu'est-ce que tu dis ? demanda Anaïs, en redressant la tête.

— Rose me fait penser à mon frère, Rémi. Il avait les mêmes yeux.

— Ton frère n'a pas eu la chance de vivre suffisamment longtemps pour avoir une descendance, mais à travers les yeux de Rose, il vit à nouveau ! dit Anaïs. C'est un peu comme s'il était de nouveau avec toi.

— Oui, c'est un peu cela ! dit Laplante, songeur.

C'est alors que leur conversation fut interrompue par un cri d'épouvante émanant de la rue.

Étonnés, l'inspecteur Laplante et Anaïs dressèrent l'oreille. C'était bien cela ! Une femme hurlait dans la rue.

Laplante se redressa et écouta à nouveau. Une chose lui parut subitement étrange.

******

Depuis plus de deux ans, je travaillais pour Hector et Annette Beaumont-Joinvillier. J'avais le privilège de vivre dans leur grande demeure, dans un somptueux appartement aménagé sous les combles.

Ma mission consistait essentiellement à tenir compagnie au couple vieillissant. Lecture au coin du feu, promenade dans le parc, partie de backgammon, d'échec ou de bridge.

Un lien sincère d'amitié s'était tissé entre nous trois.

Je supervisais également le travail de la cuisinière, de la femme de ménage et du jardinier qui ne résidaient pas sur place.

Tout se passait à merveille.

Volontairement, je sortais très peu de ma prison dorée. Je savais qu'une épée de Damoclès était suspendue au-dessus de ma tête.

Le moindre faux pas aurait été fatal. La prudence était de mise en toutes circonstances.

Mes employeurs s'inquiétaient parfois de mon manque de socialisation.

— Pourquoi ne sortez-vous jamais ? me demandait souvent Hector. À votre âge, on a besoin de voir du monde ! Si je peux me le permettre, vous vivez comme un ours mal léché.

La comparaison me faisait toujours rire.

— Ne vous inquiétez pas pour moi, monsieur ! J'aime votre compagnie, c'est tout ! Je n'ai besoin de rien de plus !

Mon explication faisait mouche à chaque fois. Annette et Hector étaient ravis de se sentir importants à mes yeux et ils l'étaient, c'est certain. Mais, ce n'était pas la véritable raison de mon cloisonnement.

Que voulez-vous ? Je n'allais tout de même pas leur dire la vérité. Je ne tenais pas à me faire renvoyer !

******

Dans son immense appartement luxueux, Noémie Pissarel était en proie aux doutes. Elle avait tellement envie de se confier, de soulager ce poids si lourd à porter, mais, son amie Aline allait-elle comprendre sa situation ?

De toute façon, il était trop tard. Elle en avait trop dit, ou pas assez !

Surprise par l'attitude étrange de Noémie, Aline Cardannier sentit son cœur s'emballer.

— Que se passe-t-il ? demanda-t-elle, inquiète. Tu sais très bien que tu peux me confier tous les secrets que tu veux !

— J'ai un doute sur mon amour pour William !

— Un doute ! Comment ça ! Un doute ! C'est maintenant que tu t'en aperçois ! Quelques jours avant le mariage ! dit Aline, sur un ton réprobateur.

— Arrête de m'engueuler ! J'ai besoin d'une confidente. Je veux entendre tes conseils et pas tes reproches.

— Oui, excuse-moi. Mais, tu sais bien que ton bonheur est important à mes yeux. Votre histoire d'amour me tient à cœur. Vous vous êtes rencontrés grâce à moi, tout de même.

— Justement ! dit Noémie. Je crois que cette histoire d'amour n'était qu'un coup de cœur. Tout est allé trop vite ! J'ai rencontré William, il y a à peine six mois. Dans ce court laps de temps, nous nous sommes fiancés, papa lui a offert un emploi de directeur au sein de son usine, et je vais me marier avec lui à la fin de la semaine.

— Je ne comprends pas. Tu vis le bonheur parfait.

— Non ! Je me suis embarquée dans une histoire d'amour superficielle. William paraissait tellement heureux avec moi que je n'ai pas osé lui faire de la peine, mais je doute de l'amour que j'éprouve pour lui. Je me sens désemparée. Plus le mariage approche et plus je me dis que je vais m'enfuir.

— T'enfuir ! C'est un peu extrême comme réaction. Je pense que tu devrais parler à William. Je crois que tu as besoin d'être rassurée. Il n'a pas l'air d'être souvent présent en ce moment.

— Oui, papa l'accapare et William rentre directement chez lui après le travail. Ces derniers temps, je ne le vois que le week-end.

— Veux-tu que je parle à William ? Tu sais que c'est mon meilleur ami. Je peux lui demander sans le vexer de faire un peu plus attention à toi.

— Non, je ne veux pas ! dit Noémie, avec autorité.

Surprise, Aline regarda son amie en ouvrant de grands yeux.

— Je ne comprends pas ! Tu ne veux pas que la situation s'arrange.

Perturbée, Noémie se mit à pleurer.

— Si mes états d'âme étaient mes seuls problèmes. Je ne t'en aurais même pas parlé ! J'aurais épousé William, sans rien dire. Mais, je suis au pied du mur.

******

Installé en face du vieux poste de télévision de sa chambre d'hôtel miteuse, les yeux plongés dans son agenda, Pierre

Divitry releva la tête lorsqu'il entendit que l'on parlait de lui dans un reportage.

Sur une musique de fond angoissante, une jeune journaliste débuta sa chronique en adoptant un air tragique de circonstance.

« Après les meurtres de Josy Duraille, Sandrine Marckavel, Delphine Bivon, Andréa Carnigot, la police est toujours à la recherche du tueur en série qui terrifie actuellement la Normandie. Qui est le tueur au miroir d'aubépine ? ... »

Pierre Divitry n'aimait pas le surnom que les journalistes lui avaient donné.

— Le tueur au miroir d'aubépine ! dit-il, à voix haute. C'est ridicule !

Il écouta le documentaire à son sujet, puis s'adressa à haute voix à la journaliste derrière l'écran de télévision.

— Savez-vous vraiment pourquoi vous me surnommez ainsi ? Connaissez-vous la symbolique de mes actes ? Avez-vous compris pourquoi je suis forcé de faire cela ?

Pierre Divitry se tut quelques instants, comme s'il attendait une réponse de la journaliste.

— Non, bien sûr que non ! grogna-t-il, en constatant que la jeune reporter ne lui répondrait pas.

Pierre Divitry se tut à nouveau pour écouter les commentaires d'anonymes à son propos.

Des actes froids, des meurtres effroyables, un déséquilibré, terreur dans la ville, un psychopathe, un fou furieux, un cinglé …

Ses qualificatifs humiliants ne furent pas du gout de Pierre Divitry qui attrapa la télécommande à côté de lui et éteignit immédiatement le poste de télévision.

— Ces bandes d'ignares ne comprennent décidément rien !

Pierre Divitry rumina seul, dans son coin, en silence durant plus d'une heure.

Son visage, pourtant si beau, était déformé par la souffrance et la haine qu'il avait accumulée durant toutes ces années. Ses yeux bleus myosotis ne reflétaient rien d'autre que toute la colère dont il pouvait faire preuve.

C'est alors qu'il eut une idée diabolique qu'il jugea épatante.

******

Assise sur le canapé avec sa petite Rose dans les bras, Anaïs était tétanisée.

— Qu'est-ce qui se passe ? demanda-t-elle à l'inspecteur. Qui est-ce qui crie comme cela ?

Dans ce quartier résidentiel tranquille, ce genre de hurlement n'était pas de bon augure.

Sans rien dire, Anaïs pensa aussitôt au tueur en série qui sévissait dans la région, en ce moment.

Laplante se leva immédiatement pour aller voir ce qu'il se passait, mais une chose lui parut étrange. Alors, il se figea pour mieux écouter. Il dressa l'oreille.

C'est bien cela ! se dit-il. Cette femme hurle mon nom.

Laplante se dirigea immédiatement vers la porte d'entrée.

Prise par l'angoisse, Anaïs supplia.

— Prends ton arme ! Fais attention à toi !

La voix d'Anaïs brisa le cœur de l'inspecteur. Il fit volte-face pour venir l'embrasser et la rassurer.

— Ne t'en fais pas ! J'ai mon arme sur moi et je serai très prudent.

C'est alors que quelqu'un tambourina à sa porte.

Laplante déposa un dernier baiser sur le front de sa femme et courut pour aller ouvrir.

— Inspecteur Laplante ! dit Édith, une dame sans-allure, faisant partie du voisinage depuis de nombreuses années.

Elle haletait de panique. Elle était en sueur. Ses yeux reflétaient sa détresse. Elle n'arrivait plus à parler.

— Calmez-vous ! dit l'inspecteur.

Édith hocha la tête pour acquiescer.

— Entrez ! Vous allez me raconter ce qui vous a poussé à crier de la sorte !

Tremblante, Édith entra chez l'inspecteur. Anaïs lui proposa de s'asseoir dans la cuisine et lui servit un grand verre d'eau pour tenter de l'apaiser.

Laplante jeta un œil dans la rue et il vit quelques badauds intrigués par la scène qui se jouait sous leurs yeux.

Laplante connaissait la plupart de ces personnes. Tous des voisins.

— Ne vous en faites pas ! J'ai la situation en main, dit-il, pour les rassurer.

— Édith nous a dit que le tueur en série avait encore frappé. Ici, dans le quartier ! dit Jean, le voisin de la maison d'en face.

— Si c'est le cas, je vous conseille vivement de rentrer chez vous et de vous enfermer à double tour, jusqu'à ce que la situation se tasse. Je vous tiendrai au courant de la suite des évènements.

— Très bien ! dit Jean, coopératif. Si tu as besoin d'aide, tu sais où me joindre ! rajouta-t-il, en s'adressant à l'inspecteur.

— Je n'y manquerai pas, Jean.

L'inspecteur referma la porte derrière lui et il entra dans sa cuisine.

— Alors, Édith ! Que se passe-t-il ? demanda-t-il, en adoptant une voix rassurante.

Anaïs s'éclipsa pour aller coucher Rose dans sa chambre, loin de toute cette agitation.

— Le tueur au miroir d'aubépine ! C'est lui, j'en suis sûre ! Il a tué madame Lagrange ! dit Édith.

— Attendez ! Expliquez-moi !

— Je faisais aérer ma chambre, comme tous les matins, au premier étage de ma maison. Avec la chaleur, les fenêtres de chez madame Lagrange étaient toutes ouvertes.
Elle était assise en face de sa coiffeuse, dans sa chambre. Elle se maquillait.
Madame Lagrange se pomponne toujours avant de recevoir une galante compagnie.
Ce matin, c'était un nouveau prétendant. Je ne l'avais jamais vu celui-là. Disons que madame Lagrange aime bien le changement depuis que son défunt mari n'est plus de ce monde.

Quelle commère ! se dit l'inspecteur.

— Je connais madame Lagrange ! dit Anaïs, en revenant dans la cuisine. C'est une femme charmante qui m'a rendu de nombreux services lorsque mes jumeaux étaient petits. J'espère qu'il ne lui est rien arrivé.

— Si, justement ! J'y viens ! dit Édith, la voix tremblante.

— Oh, mon Dieu ! dit Anaïs, paniquée.

— Nous vous écoutons Édith, continuez.

— Aux alentours de dix heures trente, le rendez-vous de madame Lagrange est arrivé. Grand, brun, athlétique. Elle paraissait heureuse de le voir.
Et puis, très vite, j'ai entendu des cris. Une grosse dispute. Je n'ai rien vu. Ils étaient au rez-de-chaussée.
Édith reprit son souffle avant de continuer. Son double menton tremblait à chacune de ses paroles.
Une demi-heure plus tard, tout était calme. Je suis montée dans ma chambre et je les ai vus, en train de… enfin, vous comprenez quoi ! dit Édith, gênée. Ils … , ils se réconciliaient sur l'oreiller.
La pudeur et les joues rouges de cette mégère auraient bien fait rire l'inspecteur si la situation n'avait pas été si grave.

— Ils faisaient l'amour, en somme ! dit l'inspecteur, ne pouvant s'empêcher de mettre mal à l'aise cette voisine un peu trop curieuse à son goût.

— Oui, c'est cela ! dit Édith , en devenant écarlate. Une demi-heure après, je suis remontée dans ma chambre, pour voir s'ils avaient terminé, et c'est là que j'ai tout vu. L'homme venait de tuer Madame Lagrange. La pauvre femme était étendue sur son lit, baignant dans son sang, tandis que l'homme la regardait sans bouger.

— Êtes-vous certaine de ce que vous avez vu ?

— Certaine, comme je vous vois en face de moi ! Elle est morte, je vous dis. Elle est morte ! Ce sale type l'a assassinée.

Édith se mit à pleurer.

— Je n'aurais jamais pensé que le tueur au miroir d'aubépine frapperait dans le quartier ! dit-elle, entre deux sanglots.

— Moi, non plus ! dit l'inspecteur. Et, je n'aurais pas imaginé que le tueur s'en prenne à une personne comme madame Lagrange !

— Pourquoi ? Vous insinuez que je mens ! dit Édith.

— Absolument pas ! Loin de moi cette idée !

— Alors, pourquoi dites-vous cela ? dit Édith, en prenant l'inspecteur de haut.

— Parce qu'il y a quelque chose qui me chiffonne !

******

À l'approche des fêtes de Noël, la maison endossait ses habits de lumière. Guirlandes, boules, sapin et autres décorations festives envahissaient chaque pièce de l'immense bâtisse.

Annette Beaumont-Joinvillier avait l'habitude de faire venir un décorateur pour donner un air de fête à son intérieur.

Elle adorait Noël. C'était le seul moment où elle recevait la visite de son fils Ludovic, accompagné de sa femme Isabella et de sa petite fille, Anastasia.

Ludovic Beaumont-Joinvillier vivait en Australie. Il était parti à la demande de son père pour gérer la succursale de l'entreprise familiale.

Sa mission devait durer une année, seulement. En l'envoyant là-bas, Hector voulait que son fils se forge le caractère. Ludovic n'avait pas l'âme d'un homme d'affaires. À vingt ans, il était toujours dans les jupes de sa mère.

Hector avait voulu couper le cordon. Brutalement. Avec poigne. Il avait agi impitoyablement.

Il n'avait pas laissé le choix, ni à son fils ni à son épouse.

Annette lui en avait beaucoup voulu.

Au bout de deux mois d'absence, elle avait fait ses valises pour rejoindre son fils. Hector l'en avait empêchée. Annette avait obéi.

La rébellion n'était pas faite pour elle. Une épouse de la haute bourgeoisie se doit d'obéir à son mari.

Un an plus tard, au retour de Luc, Annette crut mourir.

Il était venu lui annoncer qu'il allait s'installer définitivement en Australie et fonder une famille avec une Australienne au doux prénom de Isabella.

Annette n'a jamais vraiment pardonné à Hector de lui avoir enlevé son fils. Mais, une bonne épouse ne reproche rien à son mari. C'est une règle d'or chez les Beaumont-Joinvillier.

Le jour de Noël, au petit matin, Hector et Annette me réveillèrent en frappant à la porte de mon appartement sous les combles.

— Joyeux Noël ! me dit le vieux couple, en m'embrassant amicalement.

La stupéfaction fut très grande. Je n'avais pas l'habitude d'une telle explosion de sentiments de leur part. Bien que très sympathiques à mon égard, Hector et Annette mettaient toujours une distance dans notre relation. Chacun devait rester à sa place !

Mais, ce matin-là, ils m'avaient dit qu'ils avaient une confiance totale en moi, qu'ils étaient ravis que je sois à leurs côtés. Cette accolade surprenante, ce fameux matin de Noël, fut une grande joie pour moi.

Je ne savais pas encore qu'une autre surprise m'attendait. Une surprise de taille. Je n'arrivais pas y croire.

••

******

Dans le salon luxueux de son amie, Aline Cardannier était abasourdie. Les yeux presque exorbités par la surprise, elle regardait Noémie Pissarel pleurer.

Aline n'arrivait pas à accepter les révélations qu'elle venait d'entendre. Elle avait l'impression d'avoir pris un coup de massue derrière la tête.

— C'est impossible ! Comment as-tu pu tromper William avec ce sale type ! dit Aline, d'un ton réprobateur.

— Pierre n'est pas un sale type. Je suis amoureuse de lui ! dit Noémie.

— Tu es amoureuse de la mauvaise personne ! Je te rappelle que tu t'es engagée auprès de William.

— Je sais ! dit Noémie, en essuyant ses larmes. Mais, je suis follement amoureuse de Pierre. Je n'y peux rien. Cela m'est tombé dessus totalement par hasard ! Je n'ai pas cherché une telle situation.

— Après tout ce que William a fait pour toi ! Cela ne compte pas à tes yeux ?

— Bien sûr que si ! Mais, comme je te l'ai dit, je ne suis pas réellement amoureuse de William. Il est adorable, mais il n'est pas l'homme de ma vie. Avec Pierre, c'est différent. Pour la première fois de ma vie, j'ai l'impression de vivre lorsque je suis dans ses bras.

— Te rends-tu compte du mal que tu vas faire à William ?

— Oui, je m'en rends compte. Ne crois pas que je sois insensible. Mais, ma décision est prise.

— Comment ça ! Quelle décision ?

— Pierre vient me chercher d'ici la fin de la semaine. J'abandonne tout. William, ma famille, mon argent, mes privilèges. Tout. Je pars loin, très loin, car je sais que mon père n'acceptera jamais ma décision.

— Ça, c'est certain ! Ton père n'acceptera jamais ! dit Aline. Mais, ne crois-tu pas que ta décision est un peu extrême ? Tout abandonner me paraît excessif !

— Je préfère tout abandonner par moi-même plutôt que de me faire renier par mon père.

— Renier ! Comme tu y vas fort ! Ton père va être véritablement en colère, mais il fera tout pour que tu reviennes te marier avec William. Ça, je peux te l'affirmer. Il est ravi de ce mariage. Ton père adore William et William le lui rend bien. La dernière fois que j'ai vu ton père, il m'a confié qu'il avait trouvé en William un gendre et un collaborateur d'exception et qu'il était terriblement fier de présenter William à ses relations professionnelles. Je pense que tu dois mettre une croix sur ce Pierre et revenir à la raison.

— Non, c'est impossible. Je veux vivre avec Pierre. Comme je te l'ai dit, ma décision est prise. De toute façon, je ne peux plus changer d'avis, même si je le voulais.

— Et pourquoi donc ? On a toujours le choix ! Ce « Pierre » n'est peut-être pas celui que tu crois.

— Je suis sûre d'une chose à propos de Pierre ! Il est le père de mon enfant !

— Parce qu'en plus, tu es enceinte ! dit Aline, totalement éberluée.

C'est alors que le téléphone de Noémie sonna. Elle consulta rapidement le SMS qu'elle venait de recevoir.

— Et merde ! Je vais avoir de gros ennuis ! dit-elle, la voix tremblante de peur.

******

Les yeux sans expression de Pierre Divitry scrutaient l'ouverture du guichet de la poste.

Il était tellement fier de lui. Il trouvait que cette nouvelle idée mettait plus de piment à ses actes.

À l'image des enquêtes de l'inspecteur Columbo où le téléspectateur connaissait l'identité de l'assassin au début du feuilleton, il avait envie de produire ce même effet sur la police.

Il voulait que les enquêteurs connaissent son identité pour mieux leur filer entre les doigts. Ce petit jeu l'amusait jusqu'à l'excitation.

De toute façon, la police ne pourrait jamais le retrouver. Pierre n'était pas idiot tout de même. Il avait assuré ses arrières.

Pierre Divitry était un homme bancal, un homme martelé par la vie, mais il était malin et pas totalement fou.

Ses pulsions meurtrières étaient uniquement de sa faute à elle ! C'est elle qu'il voulait tuer à chaque fois qu'il commettait l'abominable. C'est elle qu'il voulait faire disparaître à tout jamais de son esprit.

Mais, elle revenait comme un boomerang, chaque nuit, dans ses pires cauchemars. Son regard fuyant, sa voix mielleuse, son air de ne pas y toucher ! Tout en elle l'insupportait.

Il la détestait tellement !

Une femme à lunette ronde ouvrit le guichet de la poste.

— C'est pourquoi ? demanda-t-elle, d'une voix lancinante et peu aimable.

Pierre Divitry observa la guichetière, avec l'œil d'un prédateur, à l'affut de sa nouvelle proie.

« Elle n'a rien à craindre, celle-là ! » se dit-il, avec perversité.

— J'ai besoin d'un timbre pour ce courrier ! demanda-t-il, froidement.

— Tarif lent ou tarif normal ? demanda la voix désagréable d'Odette, la postière.

— Tarif normal !

Odette ne porta que peu d'attention à cet homme banal et introverti, mais lorsque le moment de payer arriva, un détail déroutant attira son attention.

Le regard froid et sans expression de Pierre croisa celui d'Odette.

Immédiatement, le sang de la postière se glaça. Elle déglutit et elle tenta de ne pas laisser paraître l'effroi qui s'emparait d'elle.

Discrètement, elle observa à nouveau le détail qui l'avait interpellé. Comme pour en être certaine. Comme pour ne pas paniquer pour rien.

Elle en était sûre à présent. Il fallait qu'elle agisse.

— Bonne journée ! dit Pierre Divitry, en tendant l'enveloppe timbrée à la postière.

Le courrier devant elle, les mains tremblantes, elle regarda l'homme s'en aller et glissa la lettre dans sa poche, presque machinalement.

Rapidement, elle prit son téléphone portable et photographia l'homme qui s'éloignait.

Elle en était certaine. C'était lui !

******

Dans la cuisine coquette des Laplante, Jeanne, Anaïs et Édith attendaient nerveusement le retour de l'inspecteur, autour d'une tasse de café. Seul le cliquetis des cuillères sur la porcelaine troublait le silence pesant.

La petite Rose dormait paisiblement dans sa chambre à l'étage.

Après avoir entendu avec professionnalisme, le témoignage d'Édith concernant le meurtre de madame Lagrange, leur voisine, l'inspecteur Laplante avait rapidement téléphoné au commissariat pour avoir du renfort.

Jean-Marc et Gladys s'étaient rendus sur les lieux du crime, rejoindre l'inspecteur Laplante. Jeanne avait préféré rester avec Édith et Anaïs pour les protéger en cas de danger.

Anaïs était très inquiète. Avant de partir, l'inspecteur lui avait confié ses doutes à propos du supposé assassin de madame Lagrange. Il lui semblait peu probable que le tueur au miroir d'aubépine soit l'auteur de ce meurtre.

En effet, madame Lagrange était une grande femme brune, assez ronde, aux cheveux longs. Le tueur au miroir d'aubépine s'attaquait jusqu'à présent à des femmes blondes plutôt menues, aux cheveux courts.

Le choix de la victime ne collait pas avec les habitudes du tueur en série. Mais, cette constatation ne réjouissait pas l'inspecteur Laplante pour autant.

Un autre meurtrier ! La psychose ambiante était loin de s'apaiser.

Devant la porte de la victime, un pincement au cœur tirailla l'inspecteur à l'idée de découvrir le corps de Madame Lagrange.
Regardez la mort en face n'était pas une partie de plaisir pour Laplante, surtout si elle avait été provoquée avec sauvagerie. Pour se protéger psychologiquement, l'inspecteur avait pris l'habitude de prendre les choses avec détachement. Mais, comment le faire lorsque la victime faisait partie de ses connaissances ?

Laplante appréciait cette voisine plutôt charmante et sympathique. Elle leur avait tellement rendu des services lorsque les jumeaux de l'inspecteur étaient petits. Cette femme adorait les enfants et elle n'avait jamais pu en avoir. Quelle fatalité !

Un silence de plomb régnait toujours dans la cuisine d'Anaïs. Laplante, Gladys et Jean-Marc étaient partis depuis plus d'une demi-heure sur les lieux du crime.

L'angoisse était palpable. Les secondes semblaient se caler sur la respiration sifflante d'Édith.

— Je ne comprends pas pourquoi cet homme s'en est pris à madame Lagrange ! dit Anaïs, en voulant volontairement briser cette ambiance pesante. Elle était si gentille, si serviable.

— Vous savez, dit Édith avec ce ton perfide qu'Anaïs détestait tant, madame Lagrange avait une vie dissolue depuis la mort de son mari. Les hommes défilaient sous son toit depuis quelque temps.

Anaïs sentit que la moutarde lui montait au nez.

— Ce n'est pas une raison pour la tuer ! dit-elle, sur un ton qui ne laissait pas de place à une autre remarque désobligeante.

— C'est certain ! dit Édith, furieuse de s'être fait rabrouer. Mais, lorsque l'on tente le diable, un jour ou l'autre, on fait de mauvaises rencontres. Elle savait, comme nous tous ici, qu'un tueur en série rodait dans la région. Il me semble qu'elle aurait dû se méfier !

Anaïs eut énormément de mal à se contrôler. Elle n'avait pas une haute opinion d'Édith. Cancanière, médisante, cette voisine encombrante était souvent à l'origine de calomnie dans le quartier.

Anaïs se méfiait de cette femme comme de la peste.

Mais, aujourd'hui, les circonstances dramatiques du meurtre de madame Lagrange poussaient Anaïs au calme et à la tempérance. Une dispute entre voisines n'aurait rien apporté de bon. Au contraire, il fallait se serrer les coudes.

Alors, Anaïs serra les dents, et elle ignora les réflexions désobligeantes d'Édith. Elle garda ses rivalités pour plus tard.

Le silence avait regagné la pièce. Jeanne se rongeait les ongles d'impatience. Anaïs tentait de garder la tête froide. Édith ruminait intérieurement ses aigreurs et ses indignations.

Soudain, Anaïs vit le visage d'Édith devenir blême. La mégère regardait avec insistance à travers la fenêtre de la cuisine.

Anaïs regarda à son tour et ce qu'elle vit la terrorisa.

******

Après les fêtes de Noël, la vie de chacun avait repris son cours.

J'avais reçu le plus beau des cadeaux de la part d'Hector et d'Annette. Une reconnaissance ultime. Cette attention si particulière me prouvait qu'il m'appréciait beaucoup. C'était un peu comme si je faisais partie du petit cercle très privé de leurs amis intimes. J'avais presque l'impression d'être un membre de la famille.

Chaque jour, je relisais ce petit bout de papier, griffonné à la hâte, au petit matin de Noël, par Hector et Annette. Je n'en revenais toujours pas.

Après les fêtes de fin d'année, Ludovic, Isabella Beaumont-Joinvillier et leur fille Anastasia avaient repris les airs, direction l'Australie.

À l'aéroport, Annette avait beaucoup pleuré sachant qu'elle ne les reverrait pas avant l'année prochaine, si Dieu voulait bien lui prêter vie encore un peu.

Hector, dur comme un roc, raide comme un l, n'avait pas sourcillé. Il avait regardé l'avion décoller, sans un mot.

Mais, dans la voiture qui nous ramenait à la maison, j'avais surpris, en regardant dans le rétroviseur, une larme perlée le long de sa joue.

J'avais beaucoup de peine pour Annette et Hector, mais ce sentiment s'évanouit instantanément, lorsque la voiture arriva devant la grille de la propriété.

Mon cœur fit un bond. Mes mains tremblèrent sur le volant de la berline de luxe des Beaumont-Joinvillier.

Je venais de voir quelque chose qui ne me plaisait pas du tout.

******

Aline Cardannier réfléchissait en attendant l'ascenseur. Effrayée, Noémie Pissarel venait de refermer sa porte d'entrée à double tour.

La dernière phrase qu'Aline avait dit à son amie avant de partir de chez elle lui trottait dans la tête.

« Et si ton amoureux transi, ce fameux Pierre n'était rien d'autre que ce tueur en série. »

Aline n'était pas très fière d'elle, mais elle savait qu'elle avait fait mouche. Elle avait vu dans les yeux de son amie, une certaine panique. Elle espérait que cette petite phrase assassine fasse réfléchir Noémie. Elle avait joué avec les peurs les plus profondes de son amie.

Aline voulait que Noémie renonce à ses projets de fuite.

C'était puéril, car Noémie était enceinte de son amant. Il n'y avait plus d'espoir pour un retour en arrière. Noémie allait quitter William. C'était une évidence, mais Aline avait tenté le tout pour le tout.

Elle avait tellement rêvé ce mariage.

Cette union entre William et Noémie était magique pour elle. Noémie, la petite fille riche et névrosée, amoureuse de William, un garçon brillant, mais qui n'avait pas eu beaucoup de chance dans la vie. Orphelin, il avait beaucoup souffert durant son enfance difficile.

Aline avait tout de suite senti qu'une histoire d'amour était possible entre eux. Elle avait joué les entremetteuses et cela avait marché au-delà de ses espérances.

Mais, aujourd'hui, tout s'écroulait. Aline était tellement déçue. Qu'allait dire William lorsqu'il allait apprendre la nouvelle ? Qu'allait-il devenir ? Comment allait-elle pouvoir gérer cette situation ?

Elle ne pouvait se résoudre à voir partir en fumée ces doux espoirs pour William et Noémie. Elle y avait mis tellement de cœur, elle avait fait tellement de choses pour que cette relation fonctionne.

Mais que pouvait-elle faire d'autre ? Rien. Attendre. Espérez un miracle !

******

De retour de la poste, dans sa petite chambre d'hôtel miteuse, Pierre Divitry entrait l'adresse de sa future victime sur l'application GPS de son téléphone.

Il avait pris l'habitude d'opérer en plusieurs phases.

Il comptait tout d'abord le nombre de bouts de miroir qu'il lui restait dans sa boite bleue. Trois. Il avait encore trois filles à tuer. Encore trois, avant de se débarrasser à tout jamais de ce visage qui hantait ses nuits. Trois victimes, et son esprit seraient enfin libérés.

Ensuite, il pourrait partir loin, avec une nouvelle identité, dans un nouveau pays. Tout était déjà prévu, organisé au millimètre, car Pierre Divitry avait une grande qualité, il était prévoyant. Il savait exactement ce qu'il se passerait le jour où il tuerait sa dernière victime.

Il lui demanderait pardon, comme à chaque fois, en lui expliquant que ce n'était pas de sa faute, qu'il ne voulait pas la tuer, mais qu'elle hantait son esprit et qu'il ne pouvait pas faire autrement pour se débarrasser d'elle définitivement.

Puis, il assiérait sa victime devant la télévision, en glissant un rameau d'aubépine dans sa main droite, avant de s'enfuir et d'embarquer pour Mexico sous une nouvelle identité. Ses économies l'attendaient déjà là-bas, planquées dans un compte en banque mexicain.

Mais avant tout cela, il devait trouver ses prochaines victimes. Il les choisissait sur internet. Les sites de rencontres étaient son terrain de chasse préféré.

Pierre faisait en sorte d'inspirer confiance à ses futures victimes, de les séduire jusqu'à entamer une relation souvent sulfureuse.

Puis, lorsque sa soif de tuer devenait incontrôlable, il agissait.

Aujourd'hui était un jour d'action.

Les mains moites, des perles de sueurs coulaient le long de son front. La chaleur de cette journée était insupportable.

Tout était prêt. Il avait rendez-vous avec sa prochaine victime, chez elle, dans un peu plus d'une heure.

Il devait prendre la route. Il ne fallait pas être en retard !

******

Dans la cuisine des Laplante, Édith et Anaïs étaient devenues livides. Les yeux exorbités par la frayeur, la bouche ouverte par la stupeur et le teint blafard, les deux femmes étaient en état de choc. Elles regardaient avec insistance et incompréhension à travers la fenêtre.

— Est-ce que vous allez bien, toutes les deux ? demanda Jeanne. On dirait que vous avez vu un fantôme.

— C'est le cas ! dit Édith, très troublée. Là, dehors, sur le perron. Je crois que je vais me sentir mal.

À ces mots, ses jambes s'affaissèrent sous son poids, et Édith tomba lourdement sur le sol.

Les instincts d'infirmière d'Anaïs prirent le dessus. Elle mit de côté ce qu'elle venait de voir pour porter secours à sa voisine.

Le temps de lui administrer les premiers soins, la porte de l'entrée s'ouvrit.

— Que se passe-t-il ? demanda l'inspecteur, en constatant qu'Édith était allongée au sol.

— Édith vient de voir un fantôme ! dit Anaïs. Et j'ai vu la même chose qu'elle ! Dis-moi que je ne suis pas folle ! J'ai vu madame Lagrange.

— Non, tu n'es pas folle ! dit Laplante, en souriant. Tu as bien vu madame Lagrange. Elle devait venir vous avertir qu'elle allait très bien.

— Elle ne va pas bien du tout ! Elle est couverte de sang ! dit Anaïs.

— Calme-toi et laisse-moi t'expliquer, ma chérie ! dit Laplante, en tendant les mains en signe d'apaisement.

L'inspecteur se retourna vers sa porte d'entrée et dit :

— Entrez, madame Lagrange. Elles vous ont vue par la fenêtre dans cet état.

— Oh, je suis navrée, je ne voulais pas les effrayer ! dit madame Lagrange à l'inspecteur, en entrant dans le hall, la tête ensanglantée.

Édith revenait à elle tout doucement, mais lorsqu'elle vit entrer madame Lagrange, elle s'évanouit à nouveau dans les bras d'Anaïs.

— Édith ! dit l'inspecteur. Ne vous inquiétez pas ! Madame Lagrange va bien !

Édith ouvrit un œil interloqué.

— Elle n'est pas morte ? demanda-t-elle, en feignant toujours le malaise.

— Non, elle va très bien ! dit Laplante, amusé par l'exubérante comédie d'Édith.

— Ah ! J'en suis heureuse ! dit Édith, abasourdie.

— Je suis ravie que vous ne soyez pas morte, dit Anaïs, mais pouvez-vous m'expliquer ce qu'il vous est arrivé ? Vous êtes couverte de sang et vous n'avez pas l'air de souffrir !

— Tout simplement parce que c'est du faux sang !

— Du faux sang ! Cette blague est de très mauvais goût ! dit Édith, la main sur le front.

— Ce n'était pas une blague, mais il est vrai que la situation est devenue cocasse, tout ça, à cause d'une voisine un petit peu trop curieuse ! dit madame Lagrange, sur un ton de reproche.

— Très bien ! dit Édith, vexée. La prochaine fois que vous aurez besoin d'aide, ne comptez pas sur moi !

— Et si vous nous expliquiez ce qu'il s'est passé ! dit Anaïs.

— Ce matin, j'ai reçu un ami à la maison. Il est cinéaste amateur. Je l'ai rencontré à mes cours de théâtre, il y a quelque temps. Il m'a proposé de tourner un court métrage. Une histoire de meurtre. J'ai accepté avec plaisir. Ce matin, nous avons joué les premières scènes. La scène de la dispute, que nous avons filmée deux fois, car la première prise n'était pas très bonne, une scène d'amour et la scène du meurtre. J'avais laissé les fenêtres ouvertes. Avec cette chaleur ! Ma chère voisine a tout vu et tout entendu et elle n'a pas dû voir la caméra. Voilà, c'est aussi simple que cela.

— Cela valait le coup d'ameuter tout le quartier ! dit Anaïs à Édith.

— Avec ce tueur en série qui rode dans le coin, j'ai tout de suite fait le rapprochement ! dit Édith, ahurie.

— Je suis navrée de vous avoir effrayée, mais lorsque l'inspecteur m'a demandé de venir vous rassurer pendant qu'il terminait de prendre la déposition de mon ami, je me suis rendu compte que j'étais encore pleine de faux sang. J'ai alors préféré attendre sur le perron l'arrivée de l'inspecteur. Il vous aurait expliqué la situation avant que je fasse mon apparition dans cet état. Je ne pensais pas que vous m'apercevriez par la fenêtre.

Anaïs se mit à rire.

— Ce n'était donc qu'un quiproquo ! Tout est bien qui finit bien ! dit-elle.

— Pour cette fois ! dit Laplante, maussade. Pour cette fois ! Le tueur au miroir d'aubépine rode toujours.

*****

Depuis que nous étions rentrés de l'aéroport, un profond tourment s'était emparé de moi.

Des nuits sans sommeil me tourmentaient. L'angoisse permanente taraudait mon esprit.

Comment avait-elle pu me retrouver ?

Car c'était sûr ! J'avais vu son véhicule garé dans la rue à quelques pas de la propriété des Beaumont-Joinvillier.

Je ne pouvais pas me tromper. L'autocollant « road 66 » sur le pare-brise arrière, l'aile avant gauche cabosser, et l'attrape-rêve que je lui avais offert accroché au rétroviseur.

Pas de doute. C'était bien sa voiture.

Vide !

Et c'était là le plus troublant. Où pouvait-elle bien être ? Est-ce qu'elle m'observait ? Est-ce qu'elle était, tout simplement, venue rendre visite à une connaissance dans cette rue ? Un pur hasard ! Peu probable !

J'avais tellement espéré qu'elle abandonne ! Qu'elle m'oublie !

Mais, comment le pouvait-elle ? Pas après ça ! Trop de choses s'étaient passées !

Depuis une semaine, j'avais la hantise qu'elle sonne à la porte des Beaumont-Joinvillier. Je paniquais à l'idée de la revoir. À l'aide des caméras du système central de surveillance du domaine, je scrutais régulièrement la rue et les abords de la propriété.

Mais rien ! Strictement rien ! Plus de voiture !

******

Devant la porte du commissariat, Odette hésita un moment. Elle n'aimait pas beaucoup la police. Dans sa jeunesse, elle avait fréquenté quelques anarchistes et elle avait gardé de cette époque troublée de nombreuses idées qu'elle jugeait encore fondamentales.

Il avait fallu qu'elle se fasse violence pour venir jusqu'ici pour demander de l'aide. Elle y avait pensé toute la nuit.

Elle devait faire quelque chose. Cet homme ne devait pas rester impuni. Les éléments qu'elle possédait étaient maigres, mais elle se devait de tenter quelque chose.

Mal à l'aise, Odette entra.

Le calme et la chaleur régnaient dans le hall du bâtiment.

Gladys accueillit Odette avec le sourire.

— Bonjour ! Que puis-je faire pour vous ?

— Je crois avoir retrouvé le cambrioleur qui m'a détroussé, il y a plus de deux mois.

— Je vous écoute, expliquez-moi comment !

— Je travaille à la poste. Lorsque mon cambrioleur m'a tendu le bras pour me donner le courrier à poster, j'ai reconnu la montre de mon mari à son bras.

— Attendez ! Êtes-vous sûr qu'il s'agissait bien de la montre de votre mari ?

— Certaine ! dit Odette. Je lui avais offert pour nos dix ans de mariage. Regardez, j'ai même la photo du type.

Odette montra la photo de mauvaise qualité à Gladys.

— Avez-vous pu noter le nom de cette personne ?

— Non. Je n'en sais rien.

— Avez-vous gardé le courrier qu'il voulait envoyer ? Parfois, l'adresse est marquée au dos.

— Ah, oui. C'est vrai. Le courrier ! Je l'ai mis dans la poche arrière de mon pantalon.

Odette sortit l'enveloppe.

— Regardez, il n'y a rien d'inscrit au dos.

— À qui était adressé ce courrier ? demanda Gladys.

— Justement ! dit Odette, en retournant l'enveloppe. Regardez comme c'est bizarre ! dit-elle, en lisant l'adresse.

— Effectivement ! dit Gladys. Très étrange de la part d'un cambrioleur.

******

Un coup de téléphone réveilla William en sursaut. La bouche pâteuse, les yeux mi-clos, il décrocha péniblement.

— Allo ! murmura-t-il, en tentant de rassembler ses esprits.

— William ! Bonjour ! C'est Roger Pissarel.

William s'assit sur son lit et il remonta le drap pour cacher son sexe nu, comme si son futur beau-père pouvait voir à travers le téléphone une partie de son anatomie dénudée.

— Oui, bonjour, monsieur. Comment allez-vous ?

— Je suis inquiet. Je n'ai pas eu de nouvelles de ma fille depuis hier. Nous nous sommes disputés avant hier soir, lorsque je lui ai téléphoné après notre réunion tardive. Hier, j'ai voulu tenter une réconciliation. Mais, pas de réponse. J'ai laissé plusieurs messages. Elle ne me rappelle pas. As-tu eu des nouvelles de ta fiancée ?

— Non, la dernière fois que je lui ai parlé, c'était pour lui dire bonne nuit, lorsque j'ai quitté la réunion, avant hier soir. Elle m'a paru froide et distante. Elle m'a dit qu'Aline venait de partir de chez elle. Elle paraissait contrariée, mais elle n'a rien voulu me dire.
J'ai alors téléphoné à Aline qui m'a dit que Noémie s'était mise dans la tête qu'elle avait le même profil que les victimes du tueur au miroir d'aubépine. Et cela l'angoissait. Je crains que les vieux démons de Noémie fassent leurs retours.

— J'en ai bien peur. Je pense que c'est à cause du stress du mariage. Une visite chez son psy s'impose !

— Oui. J'y veillerai dès mon retour ! dit William. D'autant que je m'inquiète beaucoup à son sujet. Je n'ai pas pu lui rendre visite avant mon départ pour Londres, alors je lui ai envoyé plusieurs SMS. Ils sont tous restés sans réponse. Je pense que Noémie m'en veut d'être parti sans lui dire au revoir.
J'irai la voir dès mon retour dans la journée pour me faire pardonner et pour la rassurer au sujet de ces craintes.

— Très bien, William. Nous irons ensemble. Je viendrais vous chercher à la gare et nous rendrons une petite visite à ma fille. Noémie n'a jamais su gérer le stress. Le mariage, c'est trop de pression pour elle. Excusez-la pour son comportement étrange.

— Elle est tout excusée ! Vous savez à quel point j'aime votre fille. Je sais que Noémie a parfois tendance à tomber dans des excès comportementaux. Mais, j'aime votre fille comme elle est.

— Je sais ! dit Roger Pissarel. Ma fille est parfois difficile à comprendre, et je pense qu'elle a trouvé en vous l'homme idéal.

— Merci, monsieur ! Votre gratitude me va droit au cœur.

— Je suis sincère ! dit Roger. À présent, je vous laisse. On se retrouve ce soir à la gare.

— A ce soir, monsieur Pissarel !

— A ce soir, William !

Roger Pissarel raccrocha. Il regarda l'homme à la moustache noir en trait de crayon assis en face de lui.

— William ne doit jamais savoir ! dit Roger Pissarel, avec toute l'autorité dont il savait faire preuve.

******

Une journée entière s'était écoulée depuis le quiproquo du meurtre de madame Lagrange. Édith était retournée chez elle, sans aucune honte, en jurant par tous les diables qu'on ne lui reprendrait plus.

La psychose ambiante gagnait du terrain. Et toujours aucun indice concret.

Bien entendu, la police scientifique avait recueilli l'ADN du tueur, sur les 4 victimes, mais il ne correspondait à personne de connu dans les fichiers.

Le commissariat croulait sous les lettres anonymes dénonçant son voisin, son collègue, ou son chef de service.

Rien de tangible.

Pourtant, une lettre avait retenu l'attention de l'inspecteur. Celle-ci était différente des autres.

Cette enveloppe, adressée à la police, lui avait été donnée hier par Gladys. Une employée de la poste, Odette Pibroc, l'avait apportée en personne.

Cette femme pensait que l'auteur de ce courrier l'avait cambriolé, il y a quelques semaines. Odette Pibroc avait clairement reconnu la montre de son mari autour du bras du suspect.

Immédiatement, Laplante avait demandé l'analyse ADN de ce courrier. Dans l'attente des résultats, il ne pouvait rien faire d'autre que de faire confiance à son intuition.

Était-il possible que le cambrioleur de cette dame soit le tueur au miroir d'aubépine ?

Tout ceci tourmentait énormément l'inspecteur, car un détail sur cette lettre l'avait interpellé. Laplante avait été touché personnellement, au plus profond de sa chair, au plus profond de son cœur. Ce détail le concernait, intimement !

L'inspecteur profitait de la fraicheur matinale, pour relire une nouvelle fois ce courrier.

À travers les mots de cette lettre, il voulait tenter de percer à jour la personnalité de son auteur.

Un fou ! Un déséquilibré ! Quelles étaient ses motivations ?

À l'image d'un profileur, il voulait tenter de se mettre dans sa peau, pour mieux le comprendre, pour mieux le sonder, pour mieux l'appréhender.

Mais, Laplante était loin d'être un profileur et il le savait. Il n'était qu'un simple inspecteur, un être humain avec ses intuitions judicieuses, ses doutes, et ses erreurs de discernement.

Et cette fois, il avait vraiment besoin que son intuition lui donne un sérieux coup de pouce. Déjà quatre victimes, et il n'avait pas l'ombre d'une piste sérieuse.

Le tueur au miroir d'aubépine était un homme malin ou très chanceux. Mais, là, en envoyant ce courrier, il avait dépassé toutes les limites.

Les nerfs à vif, Laplante relut une nouvelle fois le courrier.

Messieurs,

Je m'appelle Pierre Divitry. Je suis celui que la presse surnomme le tueur au miroir d'aubépine.
Je suis né à Saint-Étienne, dans la Loire, le 13 juin 1972. J'ai vécu la majeure partie de mon enfance à Bouquetot, dans l'Eure, avec mon grand-père, un homme extraordinaire. Ma mère était incapable de s'occuper de moi, quant à mon père…
La drogue les a emportés, tour à tour, au mois de juin, peu avant mon dixième anniversaire.

Élève brillant, j'ai intégré une prestigieuse école d'ingénieur, mais très vite, j'ai dû abandonner mes études, faute de moyen financier.
J'ai vécu grâce à des petits boulots tout en me consacrant à ma passion du football.
Ma vie était loin d'être parfaite, mais je m'en contentais.
Mais, un secret me rongeait. Un fardeau pesant que je n'arrivais pas à oublier.
Comment peut-on agir de la sorte ? Comment vivre la conscience tranquille après cela ?
Longtemps, j'ai pris sur moi-même. Longtemps, j'ai voulu croire que ce n'était qu'un cauchemar.

Que pouvais-je faire d'autre ?

Mais, on n'oublie pas une chose pareille et l'on ne peut réagir à l'horreur que par l'horreur.

Celle qui a fermé les yeux devant la vérité a tracé mon chemin sanglant...

En effet, messieurs ! Et, cette femme n'est autre que ma tante. La sœur de ma défunte mère.

Pour que vous compreniez mon geste, il faut que je vous explique en détail le secret qui me ronge depuis si longtemps...

******

Deux mois ont passé ! Deux mois d'angoisse ! Deux mois où j'ai cru la voir apparaître à chaque coin de rue.

Mais, rien ! Strictement, rien ! J'ai fini par me dire que le hasard m'avait joué un sale tour.

Je reprenais lentement une vie normale, loin du stress incessant.

Hector et Annette n'étaient pas beaucoup sortis depuis le départ de leur fils. L'hiver était une période difficile pour eux. Le virus de la grippe ne les avait pas épargnés, l'un comme l'autre. Ils en étaient ressortis affaiblis et amaigris.

Mais, un Beaumont-Joinvillier ne se laisse pas abattre aussi facilement !

Et, en quelques semaines, Hector et Annette avaient repris du poil de la bête, comme disait mon grand-père.

Les ballades dans le parc de la propriété avaient repris. Le froid sec de l'hiver ne leur faisait pas peur.

La vie routinière et tellement rassurante avait repris son cours.

Quelques jours plus tard, par un matin pluvieux de Mars, la sonnette de la grille extérieure retentit.

— Nous n'attendons personne ! me dit Hector, assis au coin du feu. À cette heure-ci, c'est sûrement un représentant ! Pouvez-vous vous en occuper ? Vous savez toujours trouver les mots pour vous en débarrasser poliment !

— Bien entendu ! dis-je, en lui adressant un large sourire.

D'excellente humeur, je décrochai l'interphone.

— Bonjour, Résidence Beaumont-Joinvillier ! Que désirez-vous ? demandai-je, avec gaieté.

— Il faut que je te parle ! Viens à la grille ! Tout de suite ! me dit une voix menaçante.

******

Roger Pissarel attendait le train de 18 heures, comme il était prévu avec son futur gendre.

Assis sur un banc, il consultait les pages financières d'un journal économique.

Il ne prêtait pas attention à la foule qui grouillait autour de lui. Il était ainsi, Roger Pissarel. Distant avec tout le monde. Supérieur aux autres. Imbu de lui-même, mais extrêmement gentil avec les personnes qu'il appréciait.

Et Aline en faisait partie.

L'amie de sa fille avait tout de suite plu à Roger. Belle, drôle, intelligente, vive d'esprit, Aline était le type de femme qu'il aurait pu séduire, si leur grande différence d'âge n'avait pas été un frein.

Lorsqu'Aline s'assit sur le banc à côté de Roger, il ne décolla pas les yeux de son journal. Il paraissait irrité que quelqu'un ose s'installer sur le même banc que lui.

Aline s'en amusa quelques secondes puis lança un amical :

— Bonjour, Monsieur Pissarel.

Immédiatement, le visage fermé de Roger se mit à sourire. Ses dents blanches, ses rides d'expressions et ses cheveux poivre et sel lui donnaient un charme certain. Un charme qui n'avait jamais laissé Aline indifférente. Mais, elle avait toujours gardé secrète cette attirance physique sachant que rien ne pouvait être possible entre eux.

— Aline ! Vous êtes là !

— Oui, je viens chercher William.

— Ne vous a-t-il pas prévenu ? Nous avons convenu hier au téléphone que je viendrai le chercher.

— Non ! Il ne m'a rien dit.

— Je t'ai envoyé un SMS pourtant ! dit la voix de William dans le dos d'Aline.

— Bonjour William ! dit Aline, en souriant. Désolé, je n'ai pas consulté mes SMS depuis hier. Voilà pourquoi je suis là !

— Ce n'est pas grave ! dit Roger Pissarel, en serrant la main à William pour le saluer. Nous allons justement voir ma fille. Accompagnez-nous ! Je pense qu'elle sera heureuse de vous voir !

— Avec plaisir ! dit Aline. On se rejoint en bas de son immeuble ! dit Aline, en se dirigeant vers sa voiture.

La circulation aux heures de pointe était toujours difficile dans le quartier, mais avec un peu de patience, chaque automobiliste arrivait à bon port.

Aline était arrivée en premier. Roger et William l'avaient rejointe en bas de l'immeuble quelques minutes plus tard.

Roger sonna à l'interphone, mais Noémie ne répondit pas.

Il insista, mais toujours aucune réponse.

******

La fraicheur matinale laissait doucement la place à la chaleur accablante de ce mois de juillet caniculaire.
Dans son bureau, Laplante était plongé dans la lecture du courrier du présumé tueur au miroir d'aubépine.
Il en était persuadé, ce Pierre Divitry était bien le tueur en série qu'il devait à tout prix arrêter. Il avait la conviction intime que cette lettre n'était pas un canular.
Il but une gorgée de son café encore fumant, les yeux fixés sur chacun des mots de la lettre, analysant le moindre détail qui pourrait faire basculer l'enquête en sa faveur.

J'avais 13 ans lorsque tout a commencé. Je jouais au foot tous les samedis et j'adorais cela.

Mon grand-père avait ressorti du hangar, dans lequel elle pourrissait, sa vieille 4L jaune de 1969. Nous arpentions les routes de la région, pour que je puisse assister à chaque tournoi de mon club.

J'étais ailier droit. Un talent prometteur avait dit mon entraineur à mon grand-père qui était très fier.

Au début de nos expéditions, ma tante n'a pas été contente. Elle reprochait à mon grand-père de rouler avec un vieux tas de ferraille trop dangereux.

Mais, mon grand-père lui a tenu tête et chaque week-end nous partions à l'aventure, rejoindre la pelouse verte des terrains de football de la région.

Et puis, mon grand-père est tombé malade. Un cancer. Très affaibli, il ne pouvait plus m'accompagner à chacun de mes tournois.

Constatant mon désarroi, grand-père demanda à ma tante et à mon oncle s'ils pouvaient faire quelque chose pour moi. Mon oncle accepta de m'emmener, ma tante n'ayant pas le permis de conduire.

— Je veux bien t'emmener à tous tes tournois de foot de cette année ! m'avait-il dit, en souriant, mais il va falloir que tu sois très gentil avec moi.

J'avais promis d'être le garçon le plus gentil du monde. Ce que je ne savais pas encore, c'est ce qu'il entendait par gentil.

La gentillesse à ses limites ! Et le mari de ma tante les avait dépassées très largement.

En effet, messieurs, durant deux années, presque tous les samedis, mon oncle me violait après mes tournois de foot. Été comme hiver, lorsque nous arrivions vers le village où nous vivions, le mari de ma tante se garait derrière un énorme bosquet d'aubépine et abusait de moi.

Je n'ai rien dit à mon grand-père, car il était très malade et je ne voulais pas lui ajouter une peine supplémentaire.

Et puis, mon oncle m'avait fait promettre de me taire. Et bêtement, j'avais tenu ma promesse. J'avais tellement honte de moi.

Deux ans plus tard, je me suis blessé à la cheville. Le foot, c'était fini pour moi.

Mon oncle ne m'a plus jamais touché.

Mon grand-père est mort deux ans après, j'avais 18 ans.

J'ai gardé mon secret, enfoui au fin fond de ma mémoire, durant plusieurs années, mais l'esprit de vengeance était là.

Je ne savais pas encore que le pire restait à venir.

Ma tante était tellement gentille avec moi. Nous ressentions un amour particulier l'un pour l'autre. Elle était la sœur de ma mère et je la considérais un peu comme une deuxième maman.

Nous avions tissé un lien très fort entre nous. Un lien indestructible.

Ce lien nous unissait à la vie, à la mort.

Mais, la trahison rodait. Sournoise, perfide, dévastatrice…

******

Cette voix ! À l'interphone ! Je ne pouvais pas y croire. Toutes mes angoisses, toutes mes craintes, tous mes doutes de ces derniers mois remontèrent immédiatement à la surface.

Cette voix, je l'avais reconnue. C'était elle. Elle avait bel et bien retrouvé ma trace.

Mon corps se figea, pétrifié par la peur. Je ne pouvais plus parler, je ne pouvais plus bouger.

Quelques secondes de silence.

— Tu entends ce que je te dis ! me dit la voix menaçante, à l'autre bout de l'interphone. Viens à la grille immédiatement. Je dois te parler.

Rassemblant mes forces, je répondis en donnant l'apparence de ne pas perdre pied. C'était tout le contraire qui se produisait en moi au même instant.

— Qu'est-ce que tu veux ? Je n'ai rien à te dire !

— Oh que si ! Nous avons des choses à régler ! Alors, tu viens gentiment me parler à la grille, ou je déballe tout à tes gentils petits vieux !

— Non ! Tu as gagné ! J'arrive !

Les mains tremblantes, je raccrochai le combiné de l'interphone.

— Qui était-ce ? me demanda Hector, en me parlant du salon où il se trouvait.

— Un représentant ! Il est un peu insistant ! Je vais aller lui demander gentiment de s'en aller, car il attend derrière la grille !

— Très bien ! me dit Hector. Ne prenez pas froid ! Cette pluie est glaciale.

— Ne vous en faites pas ! dis-je, gentiment. Je n'en ai pas pour longtemps.

Je refermai la porte d'entrée derrière moi. À cet instant, je sus que ma vie allait devoir prendre un nouveau tournant.

******

Sans bruit, Jeanne entra dans le bureau de Laplante. Il était visiblement très concentré sur ce qu'il lisait.

— Encore en train de lire la photocopie de ce fichu courrier !

Laplante sursauta.

— Oui, ce truc me met en rogne. J'ai l'assassin, là, à portée de main !

— Tu ne devrais pas te mettre dans des états pareils. Et puis, tant que nous n'avons pas obtenu les résultats des tests ADN, on peut se demander si cette lettre n'est pas un canular, comme la plupart des courriers que nous recevons depuis le début des meurtres.

— Je suis sûr qu'il s'agit bien de notre tueur. Pourquoi nous fournir autant de détails sur sa vie, et sur ses motivations si ce n'était pas notre tueur ?

— Bon, je te l'accorde. Soit le mec est totalement cinglé et il a beaucoup de temps à perdre, soit c'est bien notre tueur. En tout cas, j'ai le résultat des recherches concernant ce Pierre Divitry et je suis ravie de te dire qu'il existe bien. Tous les détails concernant sa vie, son vrai. Donc, j'ai poussé les investigations un peu plus loin. Relevés bancaires, téléphone portable, sa dernière adresse.

— Alors ! Je t'écoute ! dit Laplante impatient.

— J'ai perdu sa trace depuis plus de 4 mois. Pas d'adresse fixe, pas de portable à son nom, et ses comptes bancaires ont été vidé et fermé, juste avant qu'il ne disparaisse de la circulation.

— Il n'a pas disparu de la circulation pour tout le monde ! dit Laplante. Il a tué quatre personnes depuis !

— Malheureusement, c'est un fait !

— Donc, tu me dis que Pierre Divitry a vidé ses comptes, plus d'adresse, plus de portable. Mais attends ! Mais oui ! C'est cela ! Pourquoi n'y ai-je pas pensé plus tôt !

Jeanne regarda Laplante, l'œil interrogateur.

— À quoi n'as-tu pas pensé plus tôt ? demanda-t-elle, en attendant avec impatience l'idée de génie de l'inspecteur.

— Ce Pierre Divitry n'est pas notre tueur en série ! Le tueur au miroir d'aubépine veut se faire passer pour cet homme pour brouiller les pistes ! Peut-être même que Pierre Divitry est mort, assassiné par notre tueur au miroir d'aubépine.

— Est-ce que je peux te donner un conseil ? dit Jeanne.

— Oui, tu peux ! dit Laplante.

— Va prendre l'air ! Ton esprit surchauffe ! Tu commences à raconter n'importe quoi.

— Tu as raison ! dit Laplante, mon esprit surchauffe, mais ma déduction n'est pas si insensée. Cette histoire me tient à cœur particulièrement, tu sais !

— Oui, je comprends. Cette affaire nous tient tous à cœur, ici ! On a tous envie que ce cauchemar s'arrête.

— Jeanne ! dit Laplante d'un air grave. Il faut que je te parle.

— Que se passe-t-il ? demanda Jeanne, surprise

— Il y a quelque chose dans cette enquête qui me concerne personnellement.

******

L'interphone de Noémie Pissarel restait muet.
— Bon, ce n'est pas grave ! dit William, le visage inquiet. J'ai les clefs.

Sans un mot, Aline et Roger suivirent William.

Devant la porte de l'appartement de Noémie, toujours aucune réponse.

— Elle est peut-être allée faire quelques courses ! dit William.

— Cela m'étonnerait ! Lorsque je l'ai quittée mercredi soir, elle avait une trouille bleue du tueur en série qui sévit actuellement dans la région ! dit Aline.

— Le tueur au miroir d'aubépine ? demanda William.

— Oui, celui-là même !

— Je travaille tellement que je n'ai pas eu le temps de suivre les actualités, dit William. Mais, Noémie m'en a parlé la dernière fois que je l'ai vue.

— Noémie était épouvantée à l'idée d'être la prochaine victime de ce tueur ! dit Aline. Elle disait que le profil des victimes lui correspondait.

— Les vieux démons de ma fille se sont à nouveau réveillés ! dit Roger, tristement. Je pensais qu'elle avait vaincu toutes ses névroses définitivement.

— Non ! Sa peur enflait de semaine en semaine ! dit Aline.

Roger sonna à nouveau.

Toujours aucune réponse.

— Noémie n'est pas là. On va entrer, et l'attendre ! dit-il, calmement. Qu'en pensez-vous ?

— Si vous voulez ! dit William, en ouvrant la porte, avec son trousseau de clefs.

Il régnait un silence de mort dans le vaste appartement de Noémie.

Roger entra le premier et fut immédiatement frappé par une odeur étrange.

— Vous sentez cette puanteur ! demanda-t-il. Ma fille a dû oublier de descendre les poubelles.

— C'est étrange ! dit William, mais l'odeur ne vient pas de la cuisine.

— Oui, tu as raison ! On dirait que l'odeur provient de la salle de bain ! dit Aline. Je vais voir.

Quelques secondes plus tard, un cri déchirant envahit l'appartement.

Dans le hall d'entrée, William et Roger se regardèrent horrifier.

— Aline ! Que se passe-t-il ? demanda William, inquiet.

Il eut pour seule réponse un autre cri de détresse insoutenable.

William et Roger, totalement affolés, trouvèrent Aline, à genoux, devant le corps inerte et sans vie de Noémie. La pauvre jeune femme avait une plaie béante à la gorge. Un rameau d'aubépine avait été glissé dans sa main. Elle avait l'air de regarder le plafond, les yeux ouverts sur sa terreur.

Sous le choc, un morceau de miroir ensanglanté à la main, Aline hurlait toute l'horreur qu'elle avait en elle.

William s'écroula à genou devant son amour perdu, tandis que Roger fit un malaise devant le spectacle horrible de sa fille décédée.

******

Jeanne regarda Laplante. Il paraissait totalement désemparé. Elle ne savait plus comment réagir. Elle ne s'attendait pas à une telle révélation et surtout, elle ne s'attendait pas à le voir pleurer comme un enfant.

Fallait-il prendre l'inspecteur dans ses bras pour le consoler ? Fallait-il rester professionnel jusqu'au bout ?

Jeanne eut un moment d'hésitation et n'écoutant que son cœur, elle serra son collègue entre ses bras amicaux.

— Es-tu certain de ce que tu avances ? demanda Jeanne à voix basse.

— Les circonstances sont troublantes et je n'arrête pas d'y penser.

— J'admets que c'est troublant, mais tout de même !

C'est alors que Jean-Marc entra dans le bureau de Laplante.

— Oh là ! dit-il, gêné. Je vous dérange !

— Pas du tout ! dit Jeanne, en relâchant l'étreinte. Ce n'était rien de plus qu'un câlin amical ! dit-elle, en se raclant la gorge.

— Vous m'avez fait peur ! dit Jean-Marc.

— Anaïs est mon amie. Jamais je ne me permettrais une chose pareille !

— Oui ! C'est un fait ! dit Jean-Marc. Mais, tu sais Jeanne, personnellement, je ne suis pas marié ! Et je n'ai rien contre un câlin de temps en temps.

Jeanne sourit, car elle savait que Jean-Marc plaisantait, mais elle préféra tout de même mettre les choses au point.

— Et de UN ! Je suis plus vieille que toi. Et de DEUX, j'ai cru que tu étais en couple avec la jolie petite infirmière que tu as rencontrée le jour où Anaïs a été enlevée. Et de TROIS, tu n'es pas mon genre.

— Oh, là, là ! dit Jean-Marc, en souriant. Si l'on ne peut même plus plaisanter entre collègues. Allez-vous enfin m'expliquer la raison qui a suscité un tel élan de tendresse entre vous ?

Laplante prit la parole.

— Je crois avoir une piste pour retrouver l'assassin de mon frère.

— L'assassin de ton frère ! répéta Jean-Marc, éberlué. Je ne comprends plus rien !

Jeanne prit Jean-Marc à part, pour lui expliquer la situation. Elle voulait épargner un moment éprouvant à Laplante.

— L'inspecteur avait un frère ainé, Rémi. Le jour de la tragédie, les deux frères jouaient au foot sur le trottoir en bas de chez eux, lorsque le ballon est parti sur la route. Le jeune Rémi a voulu aller le chercher. Malheureusement, il n'a pas vu une voiture arriver à vive allure. Une « 4L » jaune. L'accident était inévitable et le conducteur du véhicule a pris la fuite, sans aider le pauvre Rémi. Le frère de l'inspecteur aurait pu être sauvé si les secours avaient été appelés immédiatement. Le conducteur du véhicule n'a jamais été retrouvé.

— Merde ! dit Jean-Marc, ennuyé. Je n'étais pas au courant de cette histoire.

— Je ne l'ai apprise que très récemment. L'inspecteur m'en a parlé lorsque nous menions l'enquête sur le meurtre de Nicolas Silardant. Tu te souviens ! Le meurtre sans cadavre.

— Oui, je m'en souviens. Une histoire sordide !

— L'inspecteur avait mis un point d'honneur à retrouver le corps, pour que les parents du jeune homme aient un lieu de sépulture pour se recueillir. Il connaissait trop bien ces douloureuses sensations.

— Et quel rapport avec le tueur au miroir d'aubépine ?

— J'y viens, justement. Rémi s'est fait renverser par une « 4L » jaune. Dans sa lettre, le tueur parle justement de ce véhicule.

— Penses-tu qu'il pourrait y avoir un lien ?

— Tout est possible ! En tout cas, Laplante en est persuadé !

— Comment retrouver l'ancien propriétaire de cette « 4 L » ? J'imagine qu'il y en a eu des milliers.

— Le propriétaire de la voiture serait le grand-père du tueur en série.

— Parfait ! Si nous connaissons son identité, nous pouvons aller l'interroger. On a déjà une base. En plus, on fait d'une pierre deux coups ! On avance sur l'enquête et sur les doutes de l'inspecteur à propos de la mort de son frère.

— Ce n'est pas si simple. Le grand-père est mort depuis de nombreuses années.

******

Devant le portail des Beaumont-Joinvillier, les boucles brunes d'Amélie virevoltaient au vent. Sous son parapluie, elle se tenait devant moi, raide, droite, fière. Ses yeux menaçants me dévisageaient.

— Qu'est-ce que tu veux ? lui demandai-je, avec agressivité.

— Bonjour, toi ! Contente de te revoir ! Tu n'es pas facile à trouver, tu sais.

— Arrête ton baratin ! Qu'est-ce que tu veux ?

— Je veux récupérer ce que tu me dois.

— Je ne te dois rien !

— Je crois rêver ! dit Amélie. Je veux mon pognon. Je veux ma part.

— Il ne reste plus rien. J'ai tout dépensé.

— Tu as dépensé les 100 000 euros du braquage ! dit Amélie, éberluée.

— Oui ! J'ai tout perdu au casino !

— Mais, pourquoi n'as-tu pas partagé comme nous avions convenu dès le départ ? Tu savais que tu t'attirerais des ennuis en agissant ainsi. Je ne suis pas quelqu'un qui renonce facilement. Tu le sais.

— Oui, je sais. Mais, le piège s'est très vite refermé sur moi. J'ai perdu ma part de l'argent rapidement. Alors, j'ai voulu me refaire et j'ai perdu ta part. Il fallait que je parte, sans laisser de trace.

— Écoute-moi bien ! me dit Amélie. Tes explications n'effacent pas ta dette. Alors, tu vois l'arme dans ma poche droite…

— Oui, je la vois.

— Je serai ravie de m'en servir pour dégommer ta jolie petite gueule si tu ne me rembourses pas.

— Mais, je n'ai pas la somme. Je ne peux pas te rembourser.

— Très bien ! me dit Amélie, le regard menaçant. Tu viens de faire ton choix ! Tu vas mourir !

Son visage pervers me fit froid dans le dos.

— Non, attends ! dis-je, implorant sa pitié. Laisse-moi un peu de temps pour réunir la somme.

— Et comment ? Tu viens de me dire que tu n'avais pas l'argent !

— Je ne sais pas comment ! Mais laisse-moi un peu de temps ! Je vais tout faire pour te rembourser. Promis.

— Et qu'est-ce qui me prouve que tu vas réunir l'argent ? Qu'est-ce qui me prouve que tu n'essaies pas de gagner du temps pour t'enfuir à nouveau ? J'ai plutôt envie de te buter tout de suite.

— Non, attends ! C'est vrai que rien ne te prouve que je ne vais pas m'enfuir. Mais, si tu me butes tout de suite, tu seras certaine de ne jamais récupérer le pactole, alors que si tu patientes deux mois, tu as une chance de toucher le pognon.

— Tu veux que je te laisse deux mois ! Hors de question ! Je patiente un mois ! Pas plus ! Et si je n'ai pas mon pognon, j'exploserai ta jolie petite gueule. Compris !

— Oui, compris !

— Et, ne te barre pas loin d'ici ! Je t'ai à l'œil !

******

Le ventilateur tournait à grande vitesse et pourtant, l'air était étouffant.

Dans son bureau, Laplante était perdu dans ses pensées. Il était tendu. Les images de son frère ensanglanté, allongé sur la route, trottaient dans sa tête. C'était comme un cauchemar qui remontait à la surface. Il avait eu tellement de mal à enfouir cette période de sa vie au fond de lui. L'évocation de ces terribles moments le faisait toujours autant souffrir.

Ce chauffard, l'assassin de son frère courrait toujours, plus de 30 ans après.

Il se demandait comment cette personne avait pu vivre avec ça sur la conscience.

Il se souvenait très exactement de chacun des détails que ses yeux d'enfants avaient pu observer. Cette 4L jaune, le bruit du coup de frein, l'impact de son frère contre le pare-chocs, le sang, tout ce sang, la voiture qui recule, avant de contourner le corps de Rémi et de prendre la fuite.

C'est étrange, se dit Laplante, à voix basse. Je n'ai jamais eu aucun souvenir du visage du conducteur. Pourtant, je sais que je l'ai vu, que je l'ai regardé. C'est un peu comme si mon esprit avait voulu volontairement oublier le visage de l'assassin de mon frère.

— Comment ? dit Jean-Marc, en entrant dans le bureau de Laplante.

— Non ! Excuse-moi. Je pensais tout haut à l'accident de mon frère ! dit Laplante à Marc.

Marc lui sourit avec compassion.

— Mon esprit d'enfant avait imaginé l'assassin de mon frère comme un être terrifiant, presque monstrueux, au volant de cette maudite bagnole. Je crois que toute ma vie, j'ai recherché cette chimère et non un être humain. Tu dois me prendre pour un fou.

— Non ! Pas du tout ! Je peux comprendre ce que tu ressens ! dit Jean-Marc. À ce propos, j'ai trouvé des infos sur la 4L jaune, en faisant une petite recherche avec le nom du grand-père de Pierre Divitry, Alphonse Divitry. La voiture est toujours en circulation. Du moins, elle n'a jamais été radiée du registre des cartes grises. La propriétaire actuelle est la fille d'Alphonse Divitry, la tante de Pierre Divitry.

Étrangement, Laplante n'éprouvait aucun sentiment, comme si toute cette histoire le dépassait, comme s'il n'était que le spectateur de ce qui se tramait sous ses yeux, comme s'il était à nouveau qu'un enfant.

— As-tu l'adresse de cette femme ? demanda Laplante. Nous devons aller lui parler de son neveu et de sa voiture.

C'est alors que Jeanne entra dans le bureau de Laplante et leur coupa la conversation.

— On a un problème ! dit-elle, survoltée.

— Que se passe-t-il ? demanda Laplante à Jeanne, en reposant la lettre de Pierre Divitry sur son bureau.

— Le tueur au miroir d'aubépine a encore frappé !

******

Durant plus de trois jours, j'ai ressassé, en long, en large et en travers le meilleur moyen d'obtenir 50 000 euros rapidement. Bien sûr, j'ai pensé à m'enfuir. Une nouvelle fois.

Mais, je savais qu'Amélie ne me laisserait pas faire. Pas cette fois ! Elle me surveillait. Je n'aurais pas pu mettre le pied hors de la ville sans mourir.

Il n'y avait qu'une seule solution. J'aurais tellement voulu faire autrement. Mais, je n'avais pas le choix.

Je relisais le petit bout de papier griffonné par Hector et Annette le matin de Noël.

Le couple me félicitait pour mes bons et loyaux services, et m'encensait de louanges, tout en me promettant de me coucher sur leur testament pour la coquette somme de 70 000 euros.

Mon plan était très simple. Il n'y avait qu'un seul moyen de toucher l'héritage. La mort d'Hector et d'Annette.

Quand ma décision fut prise, tout a été très vite.

J'ai organisé un faux cambriolage, en donnant l'apparence qu'il avait mal tourné.

Silencieusement, j'ai pénétré dans la chambre d'Hector. Le couple faisait chambre à part depuis de nombreuses années. J'ai étouffé mon patron dans son sommeil avec son oreiller. Puis, j'ai abattu Annette d'un coup violent sur la tête avec une statuette en bronze, alors qu'elle se levait pour venir voir d'où provenaient les bruits étranges dans la chambre de son mari.

Un jeu d'enfant ! Ou presque !

Après mon acte odieux, j'ai pleuré toutes les larmes de mon corps. Mais, je devais faire vite. Le temps m'était compté. Alors, j'ai simulé une bagarre avec le soi-disant cambrioleur. Je ressentais une telle rage envers moi-même. Cette colère m'a permis de m'infliger quelques blessures au couteau pour justifier de mes dires devant les inspecteurs.

L'enquête a été ouverte, et la police a cru à mon histoire.

Les bijoux et l'argenterie que j'avais fait disparaître discrètement deux jours plus tôt ont été retrouvés près d'un squat de SDF.

Une cible parfaite ! Un clochard fut arrêté.

Comble de l'ironie, la police m'a demandé de reconnaître mon agresseur.

Le pauvre mendiant fut incarcéré sur-le-champ.

« Une affaire rondement menée » m'avait dit le commissaire bedonnant, visiblement satisfait de son travail d'investigation.

Après ça, je ne pouvais plus me regarder dans un miroir.

Vint le jour de l'ouverture du testament. J'allais en finir avec cette sale histoire.

J'allais pouvoir rembourser Amélie et partir loin de tout ça pour oublier.

Les 20 000 euros restants me permettraient de me voir venir durant quelque temps.

Mais, tout ne se passa pas comme prévu.

Pas cette fois.

J'avais oublié un petit détail qui avait toute son importance.

******

Dans l'appartement de Noémie, une ambiance pesante et morbide régnait.

Roger Pissarel et William Miargot étaient prostrés sur le canapé du salon. Ils avaient pris quelques calmants et étaient dans l'impossibilité de témoigner pour le moment. De son côté, Aline restait muette, assise à l'écart, sur une chaise, visiblement choquée.

Perplexe, l'inspecteur Laplante venait de finir d'examiner la victime. Comme à chaque fois, le tueur avait utilisé un bout de miroir brisé pour égorger sa victime et avait déposé un rameau d'aubépine dans sa main.

— Bonjour ! dit gentiment l'inspecteur, en s'adressant à Aline. Je suis inspecteur de police. Est-ce que je peux vous poser quelques questions ?

Aline acquiesça de la tête.

—Êtes-vous une amie de la victime ?

— Oui, je m'appelle Aline Cardannier.

L'inspecteur sortit son petit carnet de notes.

— Le médecin légiste m'a dit que vous aviez découvert votre amie ainsi !

— Oui ! dit Aline, en pleurant. C'était horrible. J'ai eu le souffle coupé lorsque je l'ai vue allonger dans ce bain de sang. Je me suis agenouillée à côté d'elle. J'espérais la voir respirer. J'ai aperçu le bout de miroir, par terre, à côté de sa gorge. Alors, je ne sais pas pourquoi, machinalement, je l'ai pris entre mes doigts. Je me suis même coupée. Regardez.

— Oui, je vois ! dit l'inspecteur, en examinant la coupure avec intérêt.

— Je n'avais plus les idées claires. Rapidement, j'ai constaté qu'un rameau d'aubépine était posé dans la main de Noémie, puis je me suis mise à hurler.

— Quand avez-vous vu Noémie pour la dernière fois ?

— Lundi soir ! Je suis passée la voir comme je le fais parfois à l'improviste. Elle paraissait nerveuse, inquiète. Elle m'a dit qu'elle était très angoissée, car son profil correspondait aux victimes de ce fou furieux, le tueur au miroir d'aubépine. J'ai pris ses craintes à la légère, car je savais que mon amie était parfois en proie à des peurs irrationnelles. Si j'avais su !

— Vous a-t-elle dit autre chose ?

— Oui. Mais, j'aimerais que vous évitiez d'en parler à son père et à son fiancé ! C'est très personnel et dans ces circonstances, ils auraient du mal à encaisser le choc ! murmura Aline.

— Je vous écoute, mademoiselle ! Dans la mesure du possible, je vous promets de ne pas divulguer ces informations.

Aline baissa d'un ton.

— Noémie m'a avoué qu'elle avait un amant et qu'elle avait l'intention de s'enfuir avec lui.

— Vous voulez dire qu'elle voulait quitter son fiancé ? dit Laplante, sur le même ton discret.

— Oui. Elle était enceinte de son amant.

— OK. Je le note. Connaissez-vous cet homme ?

— Non, elle a juste parlé d'un certain, Pierre.

— Nom de dieu ! dit Laplante. Pierre Divitry ?

— Je ne sais pas. Elle ne m'a pas dit son nom de famille. Le connaissez-vous ?

— Non, ce n'est rien. Juste une coïncidence troublante.

Interloquée, Aline regarda l'inspecteur. Elle ne comprenait pas ce qu'il voulait dire, mais elle ne demanda pas plus d'explications. Ses pensées étaient bien trop embrouillées et tourmentées pour le moment.

— Inspecteur ! dit le médecin légiste. Est-ce que je peux vous parler ?

— Excusez-moi ! dit Laplante à Aline.

— Allez-y ! dit Aline. Retrouvez vite ce salopard ! dit-elle, entre deux sanglots.

— Je vous le promets ! dit Laplante, avant de se diriger vers le médecin légiste.

— Selon mes premières constatations, dit celui-ci, la mort remonte à un peu moins de 48 heures.

— Elle était encore vivante avant hier soir. Son amie Aline Cardannier était avec elle.

— Il est fort probable que le meurtre ait été commis dans la nuit. En revanche, il y a plusieurs points qui me paraissent étranges.

******

De retour au commissariat, Laplante compléta les éléments de l'enquête sur son tableau en liège comme il avait l'habitude de le faire.

La photo de Noémie venait compléter le triste tableau des autres victimes du tueur en série.
Les noms d'Aline Cardannier, de William Miargot et de Roger Pissarel s'ajoutèrent à la liste des témoins et des familles des victimes.
Au centre du tableau, Laplante ajouta le nom de Pierre Divitry.
Le cœur serré, dans un coin opposé, il accrocha une photo de son frère, Rémi, qu'il gardait constamment dans son portefeuille.
Juste en dessous, il punaisa une photo d'une R4 jaune qu'il avait récupérée sur internet.
La vision de cette voiture lui fit horreur, mais la photo était nécessaire. Inconsciemment, elle réanimait la hargne et la rage qu'il avait enfouies au fond de lui depuis tant d'années.
Il devait nourrir cette haine pour retrouver le coupable, car il venait de se rendre compte d'une chose affreuse. Il avait brisé la promesse qu'il s'était faite.
Ne jamais lâcher ! Ne jamais abandonner ! Retrouvez l'assassin de son frère, coute que coute ! Même si ça devait lui prendre une vie entière.

Laplante se rendit compte qu'au fil des ans, sans vraiment le vouloir, il s'était fait à l'idée de ne jamais retrouver le coupable. Cette pensée lui faisait mal, terriblement mal, mais l'évidence était là. Il s'était fait une raison. Il avait capitulé. Comment avait-il pu se laisser aller de la sorte ?
Laplante pensa à la chance qu'il avait chaque jour d'embrasser son Anaïs, de serrer tendrement dans ses bras sa petite Rose. Et la fierté qu'il ressentait en voyant ses fils et son petit fils. Rémi n'avait pas eu cette chance. La vie de Rémi avait été si éphémère. Juste le temps de laisser une trace indélébile de son passage. Puis, plus rien, mis à part des cœurs brisés par la douleur, des larmes de désespoir, des bras serrant le vide, l'absence.
L'absence est tellement intolérable.
D'insupportables pensées se bousculaient dans l'esprit de l'inspecteur.
La haine se faufilait dans chaque recoin de son corps. Mais cette haine-là allait être prolifique. Elle allait lui servir à mener jusqu'au bout son enquête. Pour Rémi. En l'honneur de sa mémoire. Maintenant qu'il tenait une piste, il ne lâcherait pas. Jamais !
Après tout, c'était son job. Il le faisait régulièrement pour les familles des victimes. À présent, en parallèle de l'enquête sur le tueur au miroir d'aubépine, il allait servir sa cause.

Jeanne entra dans le bureau de l'inspecteur.

— Pour une fois que l'on connaît le nom de l'assassin ! dit-elle. Je pensais qu'on aurait pu le localiser facilement, mais mes recherches ne donnent rien pour le moment. Pas d'adresse fixe, pas de paiement en carte bleue, pas de téléphone portable.

— Et du côté de la tante ! As-tu trouvé quelque chose ?

— Non ! Rien ! Elle est encore en vie et se prénomme Charlotte. Elle est mariée à un certain Benoit Partoski. Vivant également ! J'ai leur adresse.

— Je pense que l'on va aller leur rendre une petite visite. J'ai beaucoup de questions à leur poser !

******

Assis au comptoir du café de l'amitié, Pierre lisait tranquillement le journal.

Le soleil de cette journée d'été venait renforcer son bonheur. Il était heureux, Pierre. Il avait enfin réussi à obtenir ce qu'il voulait. Tous ses projets les plus fous allaient se concrétiser. Il avait tellement rêvé cette situation. Il l'avait tellement espérée.

À la fin de la semaine, il allait pouvoir tourner la page. Prendre un nouveau départ. S'enfuir. Loin, si loin.

Il touchait presque au but.

Un journal abandonné trainait sur le comptoir. Pierre l'ouvrit à la page des faits divers. Ses yeux couraient sur les titres des articles qu'il commentait à la barmaid.

— Ce ne sont pas des nouvelles fraiches ! dit la serveuse. Le journal date d'hier.

— Ce n'est pas grave. C'est toujours la même chose de toute façon. Tiens, la preuve ! Hausse des cambriolages dans le département au moment des vacances.

— T'as raison ! dit Juliette, la barmaid. C'est pour ça que je reste chez moi l'été.

— Attaque à main armée, disparition. Pff, déprimant.

— T'as pas une bonne nouvelle à nous lire ? Ça changerait !

— Non ! Malheureusement ! Encore un accident sur l'autoroute. Bilan : Un mort et deux blessés.

Le regard de Pierre s'illumina. Soudain, il se sentit concerné par la nouvelle.

— C'est l'accident d'avant hier ! dit Pierre. J'étais sur l'autoroute à ce moment-là. Quel bouchon ! Je suis resté coincer plus d'une heure à attendre dans la chaleur étouffante.

— Quelle merde ! dit la barmaid, en écoutant d'une oreille distraite.

Les yeux de Pierre s'arrêtèrent quelques instants sur l'article pour le lire à voix haute.

L'autoroute a été bloquée plus d'une heure, lundi après-midi, en raison d'un grave accident, impliquant deux véhicules. Les causes de l'accident sont encore à déterminer, mais la vitesse excessive reste la cause la plus probable.
Un homme a trouvé la mort et les deux femmes occupant l'autre véhicule ont été grièvement blessées. Elles ont été hospitalisées immédiatement. Leurs vies ne seraient pas en danger.

Juliette ne fit aucun commentaire sur l'article que venait de lire Pierre. Pourtant, elle paraissait totalement troublée.

— Que se passe-t-il ? demanda Pierre.

— Regarde ! dit la barmaid. Sur l'autre page !

Juliette posa le doigt sur un titre explicite.

— Le tueur au miroir d'aubépine a encore frappé ! dit-elle.

— Il te fait peur ? demanda Pierre.

— Un peu ! dit la barmaid. Et si j'étais la prochaine !

— C'est marrant ! Je connais quelqu'un qui a les mêmes angoisses que toi ! dit Pierre, en buvant une gorgée de bière pour se désaltérer.

— Comme je la comprends ! dit la barmaid. Est-ce ta petite amie ?

— On peut dire cela comme ça ! dit Pierre, avec pudeur.

Pierre se remémora les derniers instants passés en compagnie de Noémie Pissarel. Il sourit satisfait, puis se plongea dans la lecture de l'article du journal.

******

Depuis le décès de sa fille, Roger Pissarel n'était plus que l'ombre de lui même. Assis dans le bureau de son hôtel particulier, il venait de se rendre compte que la richesse ne faisait pas le bonheur.

Il avait déjà eu un douloureux aperçu de ce vieil adage, il y a 5 ans, lorsque sa femme s'était éteinte après un combat acharné contre le cancer.

En compagnie d'Alfred Paissette, son bras droit, Roger se ratatinait sur son siège comme un vieil animal blessé.

Assis en face de lui, Alfred Paissette, un homme distingué à la moustache en trait de crayon, n'osait pas le regarder en face.

Le monstre sacré de l'entreprise, Roger Pissarel, pour lequel Alfred vouait une admiration sans bornes, avait perdu le charisme qui le caractérisait. Il n'était plus qu'un homme insignifiant, recroquevillé sur lui-même, comme un vieillard attendant la mort.

— Ma fille avait peur de faire partie des victimes de ce tueur en série. Son profil correspondait. Je n'ai rien fait pour la protéger ! gémit Roger.

— Est-ce que vous pensez que ce tueur en série pourrait avoir un lien avec l'homme que votre fille fréquentait clandestinement ces derniers mois ?

Soudain, les yeux de Roger se remplirent de rage, d'aigreur et de colère. Son corps se redressa. Tel un phénix, l'homme fort, autoritaire et catégorique qu'il était, renaissait de ses cendres.

Alfred trembla. Il venait de déclencher le courroux de son patron.

— Alfred ! gronda Roger Pissarel. Je vous ai déjà dit que toute cette histoire devait rester secrète. Personne ne doit jamais savoir que ma fille a eu un moment d'égarement. Je l'aurais fait revenir à la raison et elle aurait épousé William. Tout ceci doit rester confidentiel. Est-ce que je me suis fait bien comprendre ?

— Oui, pardon ! dit Alfred, en courbant l'échine. Je me posais juste la question.

— La mémoire de ma fille ne doit pas être écorchée par cette stupide relation volage ! dit Roger, en tapant du poing sur la table. Vous savez comme Noémie pouvait être fragile et influençable. William était l'homme de sa vie.

— Vous avez raison ! dit Alfred. Et pour l'image de la société, William nous a tellement apportés. Les investisseurs l'ont immédiatement adoré.

— Oui, ce jeune homme a le sens des affaires.

La voix de Roger se brouilla à nouveau. La carapace en acier qu'il venait de reconstruire se fissurait déjà. Une larme coula le long de sa joue.

— Voulez-vous un calmant ? demanda Alfred.

— Oui, je veux bien ! dit Roger.

C'est alors qu'on frappa à sa porte.

— Entrez ! dit Roger sans entrain.

— Monsieur Pissarel, Aline Cardannier est ici ! dit le majeur d'homme.

— Laissez-la, entrez !

— Excusez-moi de vous importuner, monsieur Pissarel ! dit Aline, le visage pâle. Je venais voir comment vous vous sentiez.

— Aline ! Soyez la bienvenue ! J'essaie de surmonter ma douleur. J'avoue que les calmants m'aident beaucoup. Et vous ? Comment vous sentez-vous ?

— J'ai l'impression de vivre un cauchemar. Je ne dors plus, je ne mange plus. Je séjourne chez une amie. Elle prend soin de moi pour quelques jours. Je suis passée voir William, et je suis très inquiète pour lui. Il est totalement sous le choc.

******

L'inspecteur Laplante et Jeanne préparaient l'itinéraire pour se rendre chez Benoit et Charlotte Partoski, les propriétaires de la 4L jaune. Leur vieille ferme se trouvait à plus d'une heure de route du commissariat, dans un lieu-dit retiré.

Une sonnerie joyeuse de téléphone attira l'attention de Jeanne.

Elle regarda Laplante avec étonnement.

— Tu ne réponds pas ! dit-elle.

— Ce n'est pas mon téléphone qui sonne ! répondit l'inspecteur.

— Ce n'est pas le mien non plus !

Ils tendirent l'oreille pour vérifier d'où venait cette sonnerie.

— Le bruit vient de la boite des scellés de l'affaire Pissarel ! dit Jeanne.

— Tu as raison ! dit Laplante. Ce doit être le téléphone de Noémie Pissarel qui sonne.

Jeanne prit l'emballage plastique dans lequel était enfermé le téléphone.

Il ne restait plus beaucoup de charges de batterie, mais le téléphone fonctionnait encore. Un numéro inconnu appelait.

— Réponds ! dit Laplante.

— Ce sont des scellés ! Je ne suis pas certaine d'avoir le droit !

— Toi et tes règles ! dit Laplante. Si l'on devait toutes les respecter, de nombreuses enquêtes n'auraient pas été résolues. Réponds ! J'en prends la responsabilité !

— OK ! Puisque tu le dis !

Jeanne décrocha le téléphone portable, à travers le sac en plastique de scellés.

— Oui ! dit-elle, timidement.

— Allo ! C'est Pierre ! Noémie, c'est toi ? Est-ce que tu vas bien ?

— Qui la demande ?

— Enfin, Noémie, c'est moi ! C'est Pierre. Allo ! Allo ! Noémie ! Je ne t'entends pas !

Sans savoir pourquoi, Jeanne resta pétrifiée quelques instants. Elle parlait avec le tueur au miroir d'aubépine au téléphone et cette perspective la terrorisait.

En tant que policier, elle ne devait pas réagir de la sorte. Elle aurait dû faire preuve de courage, mais la terreur avait pris le dessus.

— Allo ! Allo ! criait Pierre à l'autre bout du fil. Bon ! J'arrive chez toi, dans moins d'une heure ! rajouta-t-il, avant de raccrocher.

Laplante regardait avec étonnement sa collègue.

— Qui était-ce ? demanda-t-il à Jeanne.

Inerte, Jeanne ne répondit pas immédiatement.

— Jeanne ! Qu'est-ce que tu as ? On dirait que tu viens de voir le diable !

— Je ne viens pas de le voir, je viens de lui parler !

— Qui était-ce ? insista Laplante.

— Pierre Divitry. Il sera dans moins d'une heure chez Noémie.

Le sang de l'inspecteur ne fit qu'un tour.

— C'est du beau travail ! dit-il à Jeanne, en la secouant par les épaules pour la féliciter.

Jeanne reprit peu à peu ses esprits.

— Il faut faire vite ! dit-elle. On va cueillir ce salopard !

******

Je m'en voulais tellement d'avoir été aussi bête. Pourquoi n'avais-je pas vérifié avant d'agir ?

Annette et Hector ne m'avaient pas encore couché sur leur testament. Ils n'en avaient pas eu le temps, la grippe les ayant affaiblis durant de nombreuses semaines après Noël, ils n'avaient pas pu s'occuper de leur promesse.

Le morceau de papier griffonné de la main d'Hector le matin de Noël ne fut pas une preuve formelle selon le notaire.

— Désolé, mais ce n'est pas un acte officiel, me dit-il, froidement, le jour de l'ouverture du testament.

Pour couronner le tout, Ludovic, le fils d'Hector et d'Annette m'accusa d'avoir falsifié l'écriture de son père.

Bref ! Tout fut contre moi ! Et je n'obtins pas un centime.

Je ne savais plus comment faire pour m'en sortir. Alors, une autre idée toute bête m'est venue à l'esprit.

******

Jean-Marc et Laplante faisaient le guet en bas de l'immeuble de l'appartement de Noémie.

Gladys et Jeanne attendaient patiemment la venue de Pierre Divitry, le tueur au miroir d'aubépine.

L'arrestation de l'individu se passa selon leur plan. Ce fut rapide, professionnel et sans violence.

Dans la cuisine de Noémie, assis sur une chaise, les menottes aux poignets, le suspect était entouré par Laplante, Jeanne, Gladys et Jean-Marc.

L'homme était grand avec un visage d'ange, et des mains de déménageurs.

Jeanne fixait ces mains. Ces mains qui avaient tué toutes ces femmes. Ces mains d'homme si belles, si fortes, si viriles, et pourtant, des mains d'assassins.

— Allez-vous enfin me dire ce qu'il se passe ici ? demanda l'homme consterné. Je viens voir une amie et en moins de temps qu'il ne faut pour le dire, je me retrouve séquestré par une bande de tarés !

— Surveillez votre langage ! dit Gladys. Vous vous adressez à des agents de police assermentés.

— La police ! Mais qu'est-ce qui se passe ? Où est Noémie ?

— Ne faites pas l'innocent ! Nous savons que vous êtes le tueur au miroir d'aubépine.

— Comment ? Mais, jamais de la vie ! Je ne ferais pas de mal à une mouche !

— C'est ce qu'ils disent tous ! dit Jean-Marc.

— Où est Noémie ? répéta Pierre, sur la défensive.

— Là où vous l'avez envoyée ! dit Jeanne. À la morgue !

— Noémie est morte ! dit Pierre, les yeux pleins de larmes.

— Arrêtez votre comédie ! dit Jeanne. Nous savons que vous l'avez tuée. Tous les éléments se recoupent ! Vous êtes le tueur au miroir d'aubépine, monsieur Pierre Divitry !

— Mais, je ne suis pas Pierre Divitry !

*****

La vie à la ferme était austère chez Benoit et Charlotte Partoski. Une vie de peine, et aucun plaisir.

Le couple s'était retiré dans cet endroit perdu pour y oublier tous ses terribles secrets.

Charlotte en avait décidé ainsi. Se retirer loin de tout, et de tout le monde était la meilleure solution.

Elle n'avait jamais beaucoup aimé les scandales, Charlotte. C'était une femme discrète. Austère, et discrète !

Les ragots sur la vie de ses voisins ne l'intéressaient pas non plus.

Charlotte s'était très vite accommodée à cette vie loin du monde extérieur. Ici, elle avait fui tous ses démons. Elle avait réussi à oublier tous ses souvenirs si lourds à porter. Elle avait trouvé son salut dans une vieille chapelle en pierre abandonnée, à quelques pas de la ferme. Ici, juste derrière la bâtisse en ruine, elle y avait enterré le plus sombre de ses secrets.

Benoit avait eu beaucoup de mal à l'idée de vivre ici. C'était un homme peu bavard, mais il aimait la compagnie. Charlotte ne lui avait pas laissé le choix. Le couple devait venir vivre ici.

Alors, Benoit avait obéi. Il savait que c'était plus sage.

Benoit n'aimait plus Charlotte depuis bien longtemps. Charlotte ressentait un profond dégout vis-à-vis de Benoit, mais un pacte abominable les unissait à la vie, à la mort.

Charlotte et Benoit Partoski étaient condamnés à vivre ainsi jusqu'à la fin de leurs jours.

Dans la basse cour, Charlotte distribuait le grain à ses poules.

— Petit, petit, petit ! criait-elle, pour attirer les volailles.

Charlotte, d'humeur maussade, regardait les volatiles se jeter sur la nourriture, les plus faibles luttant contre les plus fortes.

Au fond, elle se sentait comme ses poules. Luttant sans cesse pour accéder à un bonheur illusoire. Un bonheur qu'elle avait si peu connu.

La voix de Benoit la fit sortir de ses pensées.

— Charlotte ! Viens voir ! dit-il, en criant par la fenêtre.

— Qu'est-ce qu'il y a ? demanda-t-elle, interloquée.

— Viens, je te dis ! Téléphone ! Pour toi !

******

Dans la cuisine de Noémie, Laplante, Gladys, Jeanne et Jean-Marc étaient consternés.

— Vous n'êtes pas Pierre Divitry ? demanda Jeanne.

— Puisque je vous dis que je m'appelle Pierre Vendrat. Regardez dans mon portefeuille, dans ma poche. Mes papiers sont là !

— Comment avons-nous pu être aussi bêtes ? marmonna Laplante, en consultant la carte d'identité du suspect.

— C'est vrai qu'on s'est un peu emballés, chef ! dit Jean-Marc. Mais, ça valait le coup d'essayer. Les circonstances ont été trompeuses.

— Qu'est-ce qui est arrivé à Noémie ? demanda Pierre Vendrat, pendant que Jeanne lui enlevait les menottes.

— Elle a été assassinée par le tueur au miroir d'aubépine.

Pierre Vendrat se mit à pleurer.

— J'étais amoureux d'elle, vous savez ! dit Pierre Vendrat, entre deux sanglots. Le coup de foudre.

— Oui, nous savons. C'est pourquoi nous vous avons arrêté. Une erreur de jugement. Vous avez le même prénom que l'assassin, dit Jeanne.

— Parce que vous savez qui est le tueur au miroir d'aubépine !

— Oui, depuis peu ! Mais, parlez-nous de votre relation avec Noémie.

— Nous nous sommes rencontrés par hasard à un vernissage, il y a trois mois. Elle était fiancée, je sortais d'une relation difficile. Nous avons terminé la soirée ensemble, puis la nuit. Ce fut le début d'une passion dévorante. Noémie voulait quitter son fiancé, mais elle avait peur de la réaction de son père. Et puis, elle ne voulait pas faire de peine à William. Elle l'estimait énormément. Il y a trois semaines, Noémie m'annonçait que j'allais être papa. Elle était certaine que le bébé était le mien. William utilisait des préservatifs. Il ne voulait pas d'une grossesse avant le mariage.
Nous avons pris très rapidement la décision de nous enfuir, en abandonnant tout. Noémie savait que son père n'accepterait jamais la rupture de ses fiançailles. William était le gendre parfait à ses yeux.
Le temps d'organiser notre départ, nous devions partir demain soir. Juste avant le mariage.
Je ne comprends pas ! dit Pierre, en pleurant. Elle répétait souvent qu'elle avait peur d'être la prochaine victime de ce tueur en série.

Je me demande si elle savait quelque chose à propos de cet homme !

— À ce stade de l'enquête, nous n'en savons rien, mais croyez que nous faisons tout ce qui est en notre pouvoir pour arrêter le coupable.

— J'ai bien vu ! dit Pierre, avec ironie. J'espère juste que vous coincerez le bon la prochaine fois !

Cette petite allusion irrita profondément Jeanne, Laplante, Gladys et Jean-Marc, mais il fallait bien avouer que les circonstances n'avaient pas joué en leurs faveurs.

******

Assis sur le canapé de son salon, William fixait les images sur l'écran de télévision, mais son esprit divaguait ailleurs.

Il n'arrivait pas à chasser l'image horrible de Noémie de sa mémoire.

Sa fiancée en sang allongée au sol, morte, les yeux révulsés, les bras en croix, les jambes désarticulées.

Cette vision d'horreur hantait William. Une larme coula le long de sa joue. Il consulta son téléphone pour regarder sa galerie de photos.

Noémie souriante, joyeuse, heureuse.

Le contraste parfait avec la dernière image qu'il avait d'elle.

Il tenta de se concentrer sur les clichés pour chasser ses idées noires, mais rien n'y faisait. Comment allait-il faire à présent sans elle ? Tous les projets qu'ils avaient ensemble étaient morts avec Noémie.

Le bonheur s'était envolé.

Heureusement qu'Aline était là. Elle allait pouvoir l'épauler, le guider comme elle le faisait toujours. Aline avait toujours une solution à tout.

William faisait défiler les photos sur son téléphone lorsque la sonnerie le fit sursauter.

— Allo !

— William, c'est moi ! dit Aline. Je suis chez Roger Pissarel. Tu dois venir immédiatement.

— Pourquoi ? Que se passe-t-il ?

— Viens ! Nous t'expliquerons lorsque tu seras là. Monsieur Pissarel t'a envoyé son chauffeur. Il sera en bas de chez toi dans moins d'un quart d'heure.

******

Dans sa basse-cour, Charlotte plissa les yeux. Qui pouvait bien la demander au téléphone ? Elle n'aimait pas cela.

Elle ne recevait plus de coup de fil depuis bien longtemps. Le couple avait gardé l'abonnement téléphonique uniquement pour pouvoir appeler les secours en cas de malaise.

La dernière fois que quelqu'un lui avait téléphoné, c'était l'hôpital, pour lui annoncer le décès de son père.

Pour Charlotte Partoski, les appels téléphoniques n'étaient pas porteurs de bonnes nouvelles.

— Alors, tu viens ! cria à nouveau Benoit Partoski, par la fenêtre de la cuisine. Il s'impatiente à l'autre bout du fil.

— Oui, j'arrive ! Deux minutes ! répondit froidement Charlotte. Affublée de ses sabots de bois, elle marchait difficilement.

Benoit regarda sa femme se déplacer péniblement à travers cette nuée de volailles.

Il la détestait tellement.

Quand il l'avait rencontrée au bal des pompiers, il y a plus de quarante ans, il avait vu en elle quelque chose de merveilleux. D'irréelle.

Ses yeux un peu naïfs l'avaient fait chavirer, et son sourire espiègle l'avait séduit.

Pour lui, elle avait cette grâce que les autres n'avaient pas. Ils s'étaient tout de suite bien entendus et Benoit avait demandé Charlotte en mariage la même année.

Tout était merveilleux. En apparence.

Car le couple dut très vite cacher des secrets. Beaucoup trop de secrets.

Charlotte entra dans la cuisine et quitta ses sabots de bois pour des chaussons d'intérieur plus confortable.

— Qu'est-ce qui se passe ? demanda Charlotte inquiète.

— Écoute, ils vont te le dire ! dit Benoit, en lui tendant le téléphone.

— Qu'est-ce que tu m'énerves lorsque tu fais des cachoteries ! dit Charlotte, en arrachant le combiné des mains de Benoit.

Charlotte n'était pas seulement énervée par l'attitude de Benoit, mais très inquiète. Son mari avait une réaction étrange. Il paraissait soulagé, apaisé. Et Charlotte n'aimait pas cela du tout !

— Allo ! dit-elle avec agacement.

Charlotte écouta avec attention son interlocuteur. Ses mains se mirent à trembler. Elle regarda Benoit. Ses yeux perfides la dévisageaient. Un sourire sournois se dessinait sur ses lèvres.

— Vous en êtes bien sûr ! demanda-t-elle, comme une supplique à la personne à l'autre bout du fil.

À ce moment précis, Charlotte espéra se réveiller pour sortir de cet horrible cauchemar.

Mais, elle était consciente, hors de son lit, en pleine réalité.

Son cœur battait si fort. À s'en décrocher de sa poitrine.

Elle ne voulait pas y croire. Cela ne pouvait pas être vrai. Tout ne pouvait pas se finir ainsi.

Elle raccrocha totalement désarçonnée. La donne allait changer à présent. Elle redoutait cet instant depuis tant d'années.

******

William entra dans le bureau de Roger Pissarel. La mine triste, le teint pâle, les yeux luisants de douleur, il n'était plus que l'ombre de lui même. Aline l'accueillit à bras ouverts.

— Mon pauvre William ! dit-elle, en l'enlaçant amicalement. Tu as l'air encore plus mal que lorsque je t'ai vu tout à l'heure.

— Que veux-tu ? dit William. J'ai perdu le gout de vivre.

— Entrez, William ! dit Roger. Installez-vous ! Je dois vous parler.

William s'assit sans un mot. Il se moucha fortement et essuya ses yeux pleins de larmes.

— William, dit Roger ! Le décès de ma fille nous a tous plongés dans un profond désarroi. Je n'avais plus qu'elle. Je suis un homme fini. Mais, j'ai de grandes responsabilités et je ne dois pas flancher. J'ai des employés qui comptent sur moi. Je ne dois pas les laisser tomber. C'est une question d'honneur. La peine est présente, la tristesse est tenace, mais nous devons faire face à ses sentiments douloureux avec dignité.

— Je comprends ! dit William. Mais, comment faire pour oublier ?

— Je ne vous demande pas d'oublier ma fille. Je vous demande de faire face au deuil qui nous touche sans sombrer. Et j'ai la solution.

— Ah oui ! Laquelle ?

— Lorsque j'ai perdu ma femme, je me suis plongée dans le travail.

— Mais, ici, tout me rappelle Noémie !

— Justement ! Nous avons abordé la question avec Aline. Et il m'est venu une excellente idée ! Après l'enterrement de ma fille, vous prendrez les fonctions de directeur général de la succursale de Bulgarie. Vous partez dans une semaine. Alfred Paissette, mon bras droit, ici présent, va tout organiser.

— En Bulgarie ! Seul ! Mais, je ne connais même pas la langue.

— Vos futurs collaborateurs parlent très bien l'anglais. Puis, vous vous adapterez.

— Je ne pense pas qu'il s'agisse d'une très bonne idée, Roger. Sans vous offenser. Le fait de me retrouver seul, dans un pays étranger, loin de tous mes repères ne m'enchante guère.

— Vous ne serez pas totalement seul. Aline part avec vous.

— Aline ! dit William surpris.

— C'est votre meilleure amie, n'est-ce pas ?

— Oui.

— C'est grâce à elle que vous avez rencontré ma fille !

— Oui.

— Ma fille adorait Aline. Je pense que la présence d'une amie sincère comme Aline vous aidera à surmonter votre deuil.

— Aline ! Es-tu prête à partir avec un veuf éploré ?

— Bien entendu ! Je n'ai rien qui me retient ici. Ni travail ni famille. La proposition de monsieur Pissarel me paraît une évidence. Il m'a demandé de devenir ton bras droit. Bien sûr, je n'ai aucune expérience, mais tu m'apprendras.

— C'est entendu ! dit William, à Roger Pissarel. Je vais partir en Bulgarie, avec mon amie Aline, et me plonger dans le travail.

Mais, s'il vous plait, en attendant, j'aimerais retourner chez moi pour pleurer Noémie jusqu'à son enterrement.

— Faites ! dit Roger Pissarel, s'abandonnant également à la tristesse.

— Je te raccompagne ! dit Aline.

C'est alors que le téléphone portable de Roger Pissarel sonna.

******

De retour au commissariat, Laplante, Jeanne, Jean-Marc et Gladys n'étaient pas très fiers de leur intervention.

— On a merdé ! dit Jean-Marc à Gladys.

— Je ne te le fais pas dire ! dit Gladys, en se dirigeant dans le bureau de Laplante.

Une fois tous réunis, Laplante prit la parole.

— Les circonstances n'ont pas été en notre faveur. Et nous nous sommes un peu emballés. Tout avait pourtant l'air de concorder. Comme quoi, dans ce métier, on en apprend tous les jours. Rien n'est acquis, rien n'est jamais pareil. L'erreur est humaine et il faut toujours apprendre de ses erreurs. Alors, tous ensemble, nous allons continuer à avancer, continuer à enquêter et nous arrêterons le tueur au miroir d'aubépine, Pierre Divitry. Des questions ? demanda Laplante.

Il avait le sentiment d'avoir regonflé le moral de ses troupes. Jeanne, Gladys et Jean-Marc en avaient besoin.

— Qu'est-ce que l'on fait à présent, chef ? demanda Jean-Marc.

— Gladys et toi, vous allez continuer à récolter des informations sur Pierre Divitry. Voyez avec le labo également. Je veux savoir si l'ADN sur la lettre de Divitry correspond à l'ADN du tueur en série. Je veux connaître le plus rapidement possible les résultats de l'autopsie de Noémie Pissarel. Je veux également que vous rencontriez dans l'après-midi, Roger Pissarel, William Miargot et Aline Cardannier pour les interroger. Ils étaient tellement sous le choc après la découverte de Noémie Pissarel que l'interrogatoire a été restreint. Allez au boulot ! Pendant ce temps, je pars avec Jeanne. Nous allons rendre une petite visite à la tante de Pierre Divitry. J'ai beaucoup de choses à lui demander ! dit l'inspecteur.

******

Au volant de la voiture qui les menait dans le petit hameau où habitaient Benoit et Charlotte Partoski, Laplante se rongeait les ongles. Jeanne restait silencieuse. Elle savait que cette rencontre avait une importance particulière pour Laplante.

Mais, Jeanne ne croyait pas au hasard. À l'époque, les 4L jaunes n'étaient pas rares, et il aurait été surprenant que cette 4L, précisément, appartienne à l'assassin de Rémi, le frère de Laplante.

Jeanne était triste en pensant à la probable désillusion de l'inspecteur. Mais, elle n'avait pas osé lui faire perdre tous ses espoirs. En revanche, elle s'était préparée à le consoler et elle avait cherché les mots qu'elle prononcerait lorsqu'il découvrirait que la 4L des Partoski n'avait pas tué son frère.

— Je vais certainement me retrouver devant l'assassin de Rémi dans quelques minutes ! dit Laplante, en brisant le silence dans l'habitacle. Je te demanderai de me retenir en cas de débordement émotionnel de ma part. Je veux arrêter l'assassin, pas le tuer de mes propres mains. J'ai une famille qui n'aimerait pas venir me voir derrière les barreaux d'une prison.

— Compte sur moi ! dit Jeanne. Mais, dis-moi ! J'ai une question ! Comment vas-tu faire pour reconnaître l'assassin de ton frère ? Les années sont passées depuis le drame. Les visages changent, évoluent, vieillissent. Te souviens-tu du visage de l'assassin de ton frère ?

— Non ! Je sais que je l'ai vu, mais je suis incapable de te décrire son visage. Impossible de m'en souvenir. Une sorte de blocage psychologique. C'est le trou noir.

— Merde, alors ! Comment vas-tu faire ? Tu ne peux pas compter sur une éventuelle trace d'impact sur le véhicule. Au bout de trente ans, si c'est bien cette 4L qui a tué ton frère, le conducteur a effacé les traces.

— Oui, c'est certain ! dit Laplante. J'en suis conscient.

Un sentiment de pitié envahit Jeanne. Elle ne savait pas comment faire comprendre à l'inspecteur qu'il ne pourrait jamais prouver la culpabilité de qui que ce soit.

— L'assassin de mon frère avait un tatouage au bras !

— Ah bon ! dit Jeanne.

— Je me souviens très précisément du bras de l'assassin de mon frère. Ce bras recouvert par un tatouage. Une encre marine.

******

Gladys et Jean-Marc étaient réunis dans le grand salon de Roger Pissarel, avec Aline Cardannier et William Miargot.

Gladys pouvait lire la tristesse dans les yeux de William. Il paraissait tellement perdu. Parfois, des larmes coulaient le long de sa joue et son visage se tordait de douleur. Son amie Aline était là pour le soutenir. Elle avait l'air tellement désemparée, elle aussi.

Jean-Marc prit la parole.

— Tout d'abord, je voulais vous remercier d'avoir accepté de nous recevoir aussi rapidement tous les trois ensemble.

— Lorsque vous avez téléphoné, il se trouve que nous étions réunis, ici même, pour tenter de soulager notre peine. Il était normal que nous vous recevions rapidement. C'est pour cela que je vous ai proposé de venir tout de suite, car Aline et William étaient sur le point de partir.

— J'ai quelques questions à vous poser. Ce ne sera pas très long, mais c'est la routine. Nous devons vérifier vos alibis.

— Nos alibis ! dit Aline. Vous nous accusez du meurtre de Noémie ! Je croyais que le coupable était le tueur au miroir d'aubépine.

— Je ne vous accuse absolument pas ! Mais, c'est dans la procédure et j'ai reçu l'ordre de le faire.

— Bien entendu ! Je comprends ! Mais, promettez-moi d'arrêter cette ordure !

— Nous faisons notre possible pour le coincer, madame. Soyez-en sûre !

— Je veux qu'il paye pour le meurtre de mon amie, et de ces autres pauvres femmes !

— Nous aussi, madame ! Nous serons satisfaits lorsqu'il sera derrière les barreaux.

— Merci ! dit Aline, en versant une larme de tristesse douloureuse.

— Si vous voulez prendre nos dépositions, je suis prêt à répondre à toutes vos questions ! dit Roger Pissarel.

— Très bien ! dit Gladys. Alors, je commence. La nuit du meurtre de votre fille, vous nous avez précisé que vous lui aviez téléphoné après une réunion tardive et que vous vous étiez disputés. Pouvez-vous me préciser le motif de votre dispute ?

— C'est que... dit Roger Pissarel, hésitant. Il regarda son bras droit, Alfred Paissette, assis à l'écart de tous, et il se racla la gorge. Je ne m'en souviens plus. Pour quelques banalités sans importance.

Gladys, surprise, sentit immédiatement que Roger Pissarel était très mal à l'aise.

— Monsieur Pissarel ! Il est important que vous vous souveniez !

Roger Pissarel se racla à nouveau la gorge.

— Écoutez ! Je ne me sens pas très bien. J'ai mal à la tête. Voulez-vous m'accompagner à la cuisine ? J'ai besoin de boire un verre d'eau fraiche !

Gladys comprit immédiatement que Roger Pissarel voulait prendre un peu d'intimité avec Gladys. Il avait l'air de ne pas vouloir parler devant tout le monde. Sans un mot, Gladys se leva pour accompagner Roger hors du salon.

Devant la porte de la cuisine, Roger se retourna vers Gladys.

— Écoutez ! dit-il, calmement, à voix basse. Je me souviens parfaitement du sujet de la dispute avec ma fille, mais tout ceci doit rester un secret.

******

Pendant ce temps, dans le salon, Jean-Marc discutait calmement avec William Miargot et Aline Cardannier. Alfred Paissette était toujours assis en retrait, silencieux. Muet comme une tombe !

— Je suis très inquiète à propos de mon alibi ! dit Aline.

— Pourquoi cela ?

— Parce que je n'ai aucun alibi ! Personne ne peut confirmer que j'étais bien chez moi le soir du meurtre.

Jean-Marc relut ses notes.

— Vous nous avez déclaré que vous avez rendu visite à Noémie, le jour du meurtre.

— Oui, je suis passée chez elle en fin d'après-midi. Elle était contrariée. Terrorisée, même. Elle avait terriblement peur de ce tueur en série. J'ai tenté de la rassurer du mieux que je pouvais. Puis, je suis repartie chez moi dans la soirée.

— Avez-vous rencontré quelqu'un à ce moment-là ?

— Oui, le concierge de mon immeuble m'a vu rentrer chez moi. Il sortait les poubelles dans la rue à ce moment-là.

— Très bien ! dit Jean-Marc. Vous me confirmez que vous n'avez pas bougé de chez vous ce soir-là !

— Oui, je vous le confirme. J'ai d'ailleurs reçu un coup de téléphone de William dans la soirée. Il m'a expliqué que Noémie n'était pas bien. Il était très inquiet, car il devait partir en déplacement le lendemain.

— Oui, c'est cela ! dit William. Nous avons discuté longuement à propos de Noémie. Elle m'inquiétait beaucoup ses derniers temps. Je sentais qu'elle était très angoissée. Si seulement j'avais été plus présent, j'aurais pu la protéger ! dit William en pleurant.

******

La ferme des Partoski était difficile d'accès. Jeanne et Laplante s'étaient perdus dans les chemins de traverse, avant d'arriver, enfin, dans ce petit hameau, loin de tout.

En ouvrant les portières, l'odeur très significative des vieilles fermes d'autrefois envahit l'habitacle.

Les souvenirs d'enfance de Jeanne remontèrent à la surface. Elle se remémora l'espace de quelques secondes ses journées d'été, à la campagne, chez sa grand-mère maternelle. Elle devait avoir une dizaine d'années. Elle se souvint du pot à lait en métal qu'elle amenait à la ferme, chaque fin d'après-midi, afin d'acheter un litre de lait fraîchement trait.

Le claquement de la portière de Laplante ramena Jeanne à la réalité.

Une femme, les cheveux grisonnants, portant une combinaison de travail agricole, et des sabots de bois d'un autre âge, s'avança vers l'inspecteur.

— Êtes-vous Charlotte Partoski ?

— Oui ! À qui ai-je l'honneur ? demanda-t-elle, méfiante.

— Police ! Nous avons quelques questions à vous poser.

— La police ! Encore ! J'ai eu affaire à l'un de vos collègues, il y a à peine une heure.

— Ah bon ? dit Laplante, surpris.

— Vos collègues m'ont téléphoné pour m'annoncer la triste nouvelle. Mais, ne vous en faites pas ! Je vais bien ! Nous accusons le choc ! Ce n'était pas la peine de vous déplacer !

— Attendez ! dit Laplante. Je crois qu'il y a un malentendu. Aucun policier dépendant de mon commissariat ne vous a contactée aujourd'hui pour vous annoncer quoi que ce soit.

— Pensez-vous que l'on m'aurait fait une mauvaise blague ? dit Charlotte.

— Non, ce n'est pas ce que j'ai dit ! Il n'y a pas que mon commissariat dans la région.

— D'accord ! De toute façon, vous n'auriez pas dû vous déplacer. La nouvelle est triste, c'est certain, mais je survivrai. Vous pouvez repartir, je ne vous retiens pas.

— Encore quelques petites minutes ! dit Laplante. Je n'ai pas eu connaissance de la triste nouvelle dont vous me parlez. Ma collègue ici présente et moi même venions vous poser quelques questions à propos d'une enquête en cours.

— Je n'ai pas beaucoup le temps ! dit Charlotte.

— Ce ne sera pas très long ! dit Jeanne.

— C'est d'accord ! Mais vite ! J'ai encore du boulot qui m'attend !

Jeanne sourit amicalement à Charlotte pour la mettre en confiance et Laplante reprit la parole.

— Vous êtes la propriétaire d'une 4L jaune, immatriculé 1234 LS...

Charlotte lui coupa la parole.

— C'est exact ! dit-elle. Je l'ai héritée de mon père. Mais, l'assurance est au nom de mon mari. Je n'ai pas le permis de conduire. Ne me dites pas que vous venez me donner une contravention pour excès de vitesse ! ajouta-t-elle, provocatrice. Cette vieille guimbarde n'a pas roulé depuis des années. Elle rouille tranquillement dans le hangar, là-bas, au fond.

— Pourrions-nous y jeter un coup d'œil ? dit Laplante.

— Allez-y ! Je ne vous accompagne pas ! C'est ouvert !

Laplante et Jeanne s'éloignèrent sous le regard suspicieux de Charlotte.

— Qu'est-ce qu'ils me veulent ces deux cons ! grommela-t-elle. Putain ! Ce que je déteste la flicaille, moi !

Charlotte tourna les talons pour rentrer chez elle.

— C'était qui ? demanda Benoit.

— Des flics ! Ils veulent voir la vieille 4L.

******

Jeanne et Laplante observaient depuis plus d'une demi-heure la vieille guimbarde jaune.

— Cette bagnole me fait horreur ! dit Laplante à Jeanne.

— Je comprends. Elle te rappelle de mauvais souvenirs. C'est normal.

— Oui, de très mauvais souvenirs ! répéta Laplante, tout en inspectant méticuleusement la voiture.

— Que cherches-tu exactement ? demanda Jeanne, en constatant le désespoir de l'inspecteur. L'accident s'est produit, il y a plus de 30 ans. Si dans une pure coïncidence, il s'agit bien du véhicule qui a renversé ton frère, les propriétaires ont eu le temps d'effacer toutes les traces.

— Je sais bien ! dit Laplante. Je ne suis pas stupide. Mais, j'ai voulu y croire, m'accrocher à une chimère. Depuis que je suis flic, j'ai résolu des tas d'enquêtes, et je n'ai pas été capable de trouver l'assassin de mon frère.

— Dans la vie, tout n'est pas tout blanc ou tout noir ! dit Jeanne. Je pense qu'il faut que tu arrives à laisser partir ton frère pour qu'il repose enfin en paix.

— Tu as raison ! dit Laplante. Mais, c'est tellement dur ! Ce traumatisme est toujours tellement présent en moi.

— Tu vis trop dans le passé ! dit Jeanne. Pense au présent, à ta fille, à tes fils, à Anaïs, à ton petit-fils. Ils ont tous besoin de toi, ici, et maintenant. Laisse tes vieux démons s'en aller.

Jeanne posa une main amicale sur l'épaule de Laplante qui eut beaucoup de mal à ne pas pleurer comme une fillette fragile.

Loin d'être un super flic, Laplante était un être humain avant tout.

— Tu as raison ! dit l'inspecteur. Il soupira.

— Nous avons une autre enquête qui nous attend ! dit Jeanne. Nous sommes chez l'oncle et la tante du présumé tueur au miroir d'aubépine. Nous avons tout un tas de questions à leur poser. Ne perdons plus de temps.

— Très bien ! dit Laplante. Mais, je dois vérifier une dernière petite chose avant que j'abandonne définitivement mes vieux démons.

******

Devant la fenêtre de leur cuisine, Benoit et Charlotte attendaient impatiemment le retour de Laplante et de Jeanne.

— Regarde-les ! À fouiner de partout ! dit Charlotte, en observant l'inspecteur derrière ses carreaux.

— Ils ont de belles têtes de cons, ces deux-là ! dit Benoit. Tu vois, on n'a plus beaucoup de choses en commun tous les deux, mais je déteste toujours les flics autant que toi.

— Attention ! Il revienne ! dit Charlotte, en s'éloignant des vitres.

L'air détaché, elle s'activa au nettoyage de son évier, tandis que Benoit se mit à rouler une cigarette, assis en face de la table de la cuisine.

L'inspecteur toqua.

— Entrez ! C'est ouvert ! dit Benoit.

— Bonjour monsieur ! dit l'inspecteur. Merci de nous avoir fait entrer dans votre propriété afin d'inspecter votre véhicule.

— Qu'est-ce qui se passe avec cette bagnole ? demanda Benoit.

— Si vous permettez que l'on s'installe, nous avons à vous parler.

— Bien sûr ! dit Benoit. Je vous proposerais bien un petit coup à boire, mais vous êtes en service ! dit-il, en remplissant son verre de gnole.

— C'est exact ! dit l'inspecteur en s'asseyant. Nous sommes venus jusqu'à vous pour vous faire lire cette lettre.

L'inspecteur sortit de sa poche une photocopie de la lettre de Pierre Divitry.

— Vous vous recyclez dans la police ! Vous faites aussi facteur ! dit Benoit, dans un fou rire.

L'inspecteur resta de marbre.

— Si vous voulez bien prendre la peine de lire cette lettre.

— Bon, si vous y tenez !

Benoit prit le papier entre ses mains et il chaussa ses lunettes. Il prit une voix solennelle et il se mit à lire à voix haute :

— Je m'appelle Pierre Divitry. Je suis né à Saint-Étienne, le 13 juin 1972.

Benoit cessa immédiatement sa lecture et il regarda Laplante perplexe.

— Si par le biais de cette lettre, vous voulez m'annoncer que mon neveu est décédé, ce n'est pas la peine de vous fatiguer. Nous le savons déjà.

— Décédé ! dit Laplante, éberlué.

— Oui ! Décédé. Vos collègues nous ont avertis tout à l'heure par téléphone. Ma femme vous l'a dit lorsque vous êtes arrivé.

— Nom de dieu ! dit Laplante. Ce n'est pas possible.

— Vous paraissez bien ennuyé ! dit Benoit. Vous connaissiez mon neveu.

— Non ! Je ne le connaissais pas ! dit Laplante. Mais, votre neveu était suspecté d'être le tueur au miroir d'aubépine.

— Comment ? dit Charlotte. Mon neveu ! Un tueur en série !

La nouvelle parut l'atteindre plus que le décès lui-même. Charlotte s'assit tremblante.

— Je te l'avais dit que ce garçon était de la graine de voyou ! dit Benoit.

— Un voyou qui vous accusait clairement de viol ! dit Laplante.

Benoit resta bouche bée.

— Ce sont des mensonges ! se révolta Charlotte.

— Madame ! Je vous en prie ! Dans sa lettre, votre neveu accuse clairement votre mari de pédophilie, et vous accuse d'avoir fermé les yeux.

— Comme je vous l'ai dit inspecteur, mon neveu mentait. Avez-vous des preuves de ce que mon neveu affirmait ?

— Non. Dans sa lettre, votre neveu nous explique simplement que votre mari a abusé de lui tous les samedis en revenant de son entrainement de foot. Toujours d'après votre neveu, votre mari cachait votre voiture, la 4L jaune, derrière des haies d'aubépines et il violait le jeune garçon avant de le raccompagner chez son grand-père.
Bien plus tard, lorsqu'il a voulu vous en parler, vous lui avez dit que vous étiez au courant et qu'il devait se taire pour le bien de tous. Vous lui avez ensuite ordonné de vous laisser tranquille pour que vous puissiez regarder votre émission favorite à la télévision.

Votre neveu était en plein désarroi et vous n'avez rien fait pour apaiser sa peine. Lui qui vous aimait tellement. Il a alors pris le miroir posé à porter de mains sur le buffet de votre salle à manger, et il a voulu vous assommer avec. Une bagarre s'en est suivie et votre mari est intervenu, chassant votre neveu, à tout jamais, de chez vous.
Par la suite, l'esprit de vengeance a rongé votre neveu et il a voulu vous tuer à travers chacune des victimes qu'il assassinait.

— Pourquoi ne s'est-il pas attaqué à moi et à Benoit directement ? demanda Charlotte amère.

— Votre neveu explique dans sa lettre qu'il n'a pas voulu vous tuer tous les deux parce que son grand-père ne lui aurait jamais pardonné.

— Mon père est mort depuis de nombreuses années. Mon neveu était totalement fou ! dit Charlotte, dédaigneuse.

— Vous ne l'avez pas aidé à garder son équilibre psychologique ! dit Laplante, la voix pleine de reproches.

— Pourquoi mon neveu a-t-il égorgé ses pauvres femmes avec des morceaux de miroir ?

— Le jour de votre dispute, votre neveu a emporté avec lui le miroir brisé lors de votre altercation. Il l'a gardé de longues années dans une boite, chez lui. Il y a quelques mois, je ne sais pas pourquoi, votre neveu a voulu se venger en passant à l'acte. Il s'est juré de tuer une femme vous ressemblant avec chacun des morceaux du miroir brisé, jusqu'à ce qu'il n'en reste plus aucun. À chaque fois, il avait l'impression qu'il tuait une partie de vous. Il posait dans la main de ses victimes un rameau d'aubépine pour ne pas oublier pourquoi il faisait cela. Tout ce que je viens de vous expliquer est écrit dans la lettre de votre neveu ! dit Laplante, en pointant du doigt le courrier que Benoit tenait à la main.

Charlotte regarda Laplante avec calme.

— Vous ne pourrez jamais rien prouver puisque mon neveu est mort à présent depuis trois jours.

— Pardon ! Depuis trois jours. Mais, ce n'est pas possible !

— Et pourquoi donc ?

— Parce que votre neveu a fait une autre victime, il y a deux jours.

******

Jean-Marc et Gladys venaient de finir d'interroger William, Aline et Roger Pissarel.

Un entretien difficile et éprouvant. Toute cette peine. Toute cette injustice !

Gladys et Jean-Marc s'apprêtaient à partir lorsque le téléphone de Jean-Marc sonna.

— Veuillez m'excuser ! dit Jean-Marc en sortant de la pièce pour répondre.

Gladys regarda son collègue s'éloigner.

— Nous allons prendre congé ! dit-elle. Si nous avons besoin de vous poser quelques questions supplémentaires, nous reviendrons, mais en attendant, nous allons vous laisser tranquille.

— Je vous remercie de votre sollicitude ! dit Aline. Arrêtez l'assassin de mon amie. Je vous en supplie, pour qu'il ne fasse plus d'innocentes victimes comme Noémie.

Aline se mit à pleurer à nouveau.

Roger Pissarel se leva pour prendre la jeune femme dans ses bras et la consoler.

Gladys ferma la porte doucement derrière elle et elle laissa William, Aline et Roger Pissarel à leurs peines. Il fallait qu'ils fassent leurs deuils.

Elle avait tellement vu ce genre de scène dans sa carrière.

— On y va ! dit Gladys à Jean-Marc qui venait de raccrocher.

Jean-Marc paraissait troublé, comme animé par un sentiment étrange.

— Que se passe-t-il ? demanda Gladys.

— J'ai eu le labo au téléphone, puis l'inspecteur. Il y a un changement de programme.

******

Dans la voiture qui les ramenait chez Roger Pissarel, Laplante ruminait.

Tout ne s'était pas passé comme il l'avait espéré.

Tout d'abord, il n'avait rien trouvé de probant sur le véhicule, concernant la mort de son frère. À ce sujet, il ne se faisait pas d'illusions. Après toutes ces années, c'était prévisible.

Mais, il espérait tellement confondre le conducteur du véhicule grâce au tatouage dont il se souvenait encore parfaitement.

Là aussi, ce fut le fiasco.

Après vérification, Benoit Partoski ne possédait aucun tatouage sur l'avant-bras. Il avait pu constater grâce à une photo accrochée au mur que le beau père de Benoit Partoski, ancien propriétaire de la 4L, en était dénué également.

Laplante s'était engagé sur une fausse piste et il était contrarié. Il s'était accroché à une chimère.

Puis, lorsqu'il apprit que Pierre Divitry était mort d'un accident de la route, un jour avant le décès de Noémie, ce fut la cerise sur le gâteau.

Pierre Divitry était sans doute le tueur au miroir d'aubépine, mais il n'était certainement pas le meurtrier de Noémie.

Mais qui était-ce alors ?

Lorsque, quelques minutes plus tôt, le labo avait téléphoné pour fournir les résultats complets de l'autopsie de Noémie, Laplante en avait déduit l'identité du coupable.

Avec Jeanne, ils allaient de ce pas chez Roger Pissarel pour lui révéler l'impensable.

******

Gladys et Jean-Marc attendaient patiemment l'inspecteur et Jeanne, en compagnie de Roger Pissarel, d'Aline et de William. Le bras droit de Pissarel, Alfred Paissette était toujours assis en retrait, silencieux, observant la scène avec intérêt et stupéfaction.

L'atmosphère était tendue.

— Allez-vous enfin nous dire ce qu'il se passe ? demanda Roger. Pourquoi l'inspecteur veut-il nous voir si soudainement ? Avez-vous du nouveau ?

— Je ne peux rien vous dire ! dit Jean-Marc. Moi-même, je n'en sais rien. Il m'a simplement téléphoné juste avant que je parte de chez vous pour me demander de l'attendre ici, tous ensemble, et qu'il avait des révélations à nous faire.

— J'espère qu'ils ont arrêté ce tueur au miroir d'aubépine ! dit Aline. Ce serait un soulagement de le voir derrière les barreaux.

— Oui, dit William, la mine triste. Mais, tout ceci ne ramènera pas Noémie.

— Je sais ! dit Aline, mais au moins, son meurtre sera vengé. Ce salopard croupira en prison.

L'inspecteur Laplante et Jeanne entrèrent dans la pièce, la mine grave.

— Bonjour, inspecteur ! dit Roger. Avez-vous arrêté le tueur de ma fille ?

— Tout d'abord, je dois vous dire que je sais qui est le meurtrier de votre fille.

— C'est un soulagement ! Il va pouvoir croupir en prison pour le meurtre de ma chère Noémie et de toutes ses pauvres filles qui ont été victimes de ce maniaque.

— Ce n'est pas si simple que cela ! dit Laplante.

— C'est à dire ! dit Roger. Vous ne l'avez pas encore arrêté, ce salopard.

— Non, pas encore ! Et, je ne pourrais jamais arrêter le tueur au miroir d'aubépine.

— Mais, j'ai cru que vous connaissiez son identité.

— Oui, je connais son identité. Il s'appelle Pierre Divitry. J'ai demandé au labo de procéder au test ADN pour confirmer l'identité du tueur.

— Donc, vous l'avez arrêté ! dit William. Je ne comprends plus rien.

— Pas tout à fait ! dit Laplante. Je peux vous assurer en revanche que cet homme ne fera plus jamais de mal à personne, pour la simple et bonne raison qu'il est mort.

— Mort ! dit Roger, le visage défait.

— Oui, il est mort d'un accident de voiture.

— Bon sang ! dit Aline. Cette saloperie ne pourra jamais répondre de ses actes et il ne sera jamais condamné pour tout ce qu'il a fait.

— Malheureusement non ! dit Laplante.

— Moi, je préfère le savoir mort ! dit Roger. Sinon, je pense que je l'aurais tué de mes propres mains.

— Je comprends ! dit Aline.

— Cette pourriture ne croupira pas en prison, mais il doit bruler en enfer ! dit William.

— J'en suis persuadé ! dit Roger.

— Nous vous confirmerons dans les jours qui viennent après les résultats de l'analyse ADN que Pierre Divitry est bien le tueur au miroir d'aubépine, mais nous avons un souci à ce sujet.

— C'est à dire ? demanda Roger.

— Pierre Divitry n'est pas l'assassin de votre fille.

— Mais, attendez ! Je ne comprends pas. Pourquoi ? Comment ? dit Roger, paniqué.

— Tout simplement parce que Pierre Divitry est mort la veille du meurtre de votre fille Noémie.

— Mais, vous aviez l'air de dire qu'il s'agissait du même mode opératoire que ce salopard.

— Oui, effectivement, à quelques détails prêts. Des détails que je trouvais étranges. Tout d'abord, la position du rameau. Le tueur de Noémie s'est trompé de main. Il l'a glissé dans la main gauche. Le tueur en série le positionnait dans la main droite de ses victimes. Un autre fait étrange m'a interpellé. Un fait qui n'avait pas été divulgué à la presse. Le tueur au miroir d'aubépine asseyait ses victimes, après leur mort, devant la télévision allumée.

— Pour quelle raison ? demanda Aline.

— Sans doute pour représenter sa tante la dernière fois qu'il l'a vue. Cette tante dont il voulait se venger parce qu'elle l'avait trahi.
Mais revenons-en au meurtre de Noémie.
Elle a été retrouvée dans la salle de bain, allongée par terre. Et puis, j'ai constaté que Noémie avait reçu un coup sur l'arrière de la tête. Elle avait du sang sur son crâne. Le tueur au miroir d'aubépine n'opérait pas de la sorte. Il maitrisait ses victimes avec force.
Dans le cas de Noémie, le tueur a voulu l'assommer avant de la tuer pour éviter la confrontation.
Je me suis alors posé la question, mais qui peut bien en vouloir à Noémie, au point de la tuer ?
J'avoue que je n'ai pas trouvé la réponse facilement. Vous jouiez tellement bien la comédie.

— Voulez-vous insinuer que je suis l'assassin de ma fille ? dit Roger Pissarel, hors de lui.

— J'insinue seulement que l'assassin est dans cette pièce.

Roger Pissarel, Aline Cardannier, William Miargot et Alfred Paissette se dévisagèrent. La tension monta d'un cran.

— Mais comment osez-vous ? dit William. Personne dans cette pièce n'aurait pu faire du mal à Noémie. Nous l'aimions tous. Quant à moi, j'ai un alibi. J'étais à des kilomètres d'ici lorsque le meurtre a eu lieu !

— Je sais ! dit Laplante, songeur. Je sais.

******

Tuer ou se faire tuer !

Faute de pouvoir rembourser Amélie, je devais la tuer.

Là aussi, ce fut un jeu d'enfant.

J'avais préparé un couteau de boucher dans une petite mallette qui aurait dû contenir l'argent.

Nous avions rendez-vous au bord des quais, à 20 heures. À cette heure-là, il n'y avait jamais personne.

Lorsque j'ai ouvert la mallette pour montrer à Amélie les billets, d'un geste vif et fulgurant, j'ai attrapé le couteau et je l'ai poignardée par trois fois.

Couverte de sang, Amélie me regarda droit dans les yeux.

Elle resta là, figée quelques instants, appuyant fermement sur les blessures que je venais de lui infliger au ventre.

C'est étrange ! Durant cet instant, j'ai cru que ses blessures ne lui faisaient pas mal.

Comme si la douleur morale était encore plus forte que la douleur physique.

Ses yeux avaient l'air surpris. Je crois qu'elle ne s'attendait pas à ce que je la tue. Comme si elle-même n'aurait pas été capable de passer à l'acte. Comme si finalement, ses menaces n'étaient que des paroles en l'air pour récupérer son argent.

— Pourquoi, Aline ? Pourquoi ? me demanda-t-elle.

Amélie s'écroula au sol, baignant dans son sang.

Je me suis enfuie, emportant la mallette et le couteau avec moi pour m'en débarrasser plus tard.

J'ai brulé mes vêtements tachés de sang et j'ai quitté la ville par le premier bus venu, loin, très loin, direction Etretat.

Tuer était devenu un jeu d'enfant ! Un vrai jeu d'enfant.

******

— Vous m'accusez, inspecteur ! dit Aline, très calmement.

— Oui, je vous accuse du meurtre de Noémie Pissarel.

— Mon Dieu ! dit William. Tu as tué Noémie.

— Ne nous faites pas croire que vous n'étiez pas dans le coup ! dit Laplante à William. J'ai remarqué comme vous vous regardiez. Au départ, j'ai trouvé cela surprenant, et puis j'ai très vite compris que vous aviez une relation amoureuse lorsqu'un petit détail m'a mis la puce à l'oreille.

— Et quoi donc, inspecteur ? dit Aline, toujours aussi calmement.

— L'anneau que vous portez au doigt.

— Et bien ? dit Aline. Je porte cet anneau depuis plus de cinq ans.

— Le jour où vous avez trouvé Noémie, vous aviez les mains pleines de sang et je vous ai proposé de vous les laver à la cuisine. Vous avez quitté votre bague et vous l'avez laissée sur le rebord de l'évier. Puis, vous êtes retournée auprès de William et de Roger en oubliant votre bague.

— Je m'en souviens, c'est vous qui me l'avez rendue !

— Effectivement et avant de vous la rendre, j'ai lu l'inscription gravée à l'intérieur. À toi pour toujours, W.

— Mais, non ! Vous vous trompez ! dit William. Noémie allait devenir ma femme. Je n'aime pas Aline.

Aline regarda William, dépitée.

— Je pensais que tu m'aimais ! dit Aline.

— Mais, qu'est-ce que tu racontes, Aline ? Enfin ! Pourquoi veux-tu faire croire aux policiers que nous entretenons une relation amoureuse ?

— Parce que tout simplement, c'est la vérité.

— C'est faux ! dit William.

Aline regarda William avec dégout.

— Dire que j'ai fait tout cela pour nous !

— Vous avouez avoir tué Noémie Pissarel ? demanda Laplante.

— Tais-toi, Aline ! dit William. Les policiers n'ont aucune preuve concrète contre toi.

— Vous vous trompez ! dit Laplante. Le labo a décelé un échantillon de sang séché appartenant à Aline sur le bout du miroir qui a tranché la gorge de votre fiancée.

— Mais, inspecteur ! Aline s'est coupée avec le morceau de miroir lorsqu'elle a découvert Noémie ! dit William.

— Oui, nous le savons. Mais, selon le labo, deux traces de sang appartenant à Aline ont été déposées à plusieurs heures d'intervalle sur le bout du miroir brisé, et l'une des deux traces correspond à l'heure de la mort de Noémie.

— Je n'arrive pas à y croire ! Aline, tu as tué Noémie ! C'est bien vrai ! dit William.

— Arrête ton cinéma ! dit Aline. Je n'ai pas l'intention de tomber toute seule. Tu viendras avec moi en prison, pour complicité. Je vais tout vous expliquer, inspecteur.

— Aline, je t'en supplie, tais-toi !

— Non ! Tu vois bien que c'est trop tard ! dit Aline. William et moi, nous nous connaissons depuis longtemps. Nous sommes immédiatement tombés amoureux. Mais, nous n'avions pas d'argent, ni lui, ni moi. Nous vivions de petits boulots, mais la vie était difficile. Le chômage était notre lot quotidien. Lorsque j'ai rencontré Noémie, j'ai vu l'aubaine. C'était une fille perdue, et riche. Ce fut un jeu d'enfant pour la faire tomber amoureuse de William.

— Je ne comprends pas ! Quel était votre plan ?

— William devait se marier avec Noémie. Ensuite, nous nous serions arrangés pour lui soutirer le maximum d'argent avant de nous enfuir loin, très loin.
Mais, Noémie ne voulait plus de ce mariage. Elle allait tout quitter pour un certain Pierre. Alors, très vite, nous avons trouvé une solution de repli. Si Noémie refusait de se marier, notre plan tombait à l'eau. Plus de mariage, plus d'argent ! Alors, nous avons pensé que si Noémie mourait avant de s'enfuir, William ne perdrait pas son emploi de directeur de la société de Roger Pissarel. Il était grassement payé. C'était déjà cela !
Noémie morte, William deviendrait un veuf éploré et nous espérions qu'il bénéficierait de la pitié de Roger Pissarel.
Et tout ceci avait marché ! Comme sur des roulettes. Roger Pissarel venait de proposer à William un poste important en Bulgarie. Nous avons même réussi à lui donner l'idée de m'embaucher en tant que bras droit de William. Tout aurait dû être parfait !

— Bande de salopards ! dit Roger. Vous avez joué avec mes sentiments et ceux de ma pauvre fille.

— Votre fille voulait s'enfuir, loin d'ici, loin de vous ! dit Aline.

— Je le savais !

— Et comment ? demanda Aline.

— Mon bras droit et gestionnaire de compte, Alfred Paissette, ici présent, m'avait prévenu que Noémie avait fait virer la totalité de son argent sur un compte à l'étranger. Le soir avant son meurtre, je lui ai envoyé un SMS pour avoir des explications à ce sujet. Noémie ne m'a pas répondu. Après ma réunion plus tard dans la soirée, j'ai réussi à la joindre. Nous nous sommes disputés à ce propos. C'est à ce moment-là qu'elle m'a avoué sa décision de quitter William. L'infidélité de Noémie n'était pas une raison pour la tuer ! dit Roger avec hargne à Aline.

— Bien sûr que si ! dit Aline. Noémie partit, notre plan tombait à l'eau. Nous ne voulions pas que William se retrouve au chômage, une nouvelle fois !

— Je n'aurais pas licencié William. C'était un très bon élément. Dire que j'ai voulu le protéger du comportement de ma fille. Lorsque j'ai appris qu'elle avait prévu de s'enfuir, j'ai demandé à Alfred Paissette de se taire pour éviter à William des peines inutiles. Je voulais préserver mon futur gendre, alors qu'il était le complice de l'assassin de ma fille !

— Ça, nous ne pouvions pas le savoir, dit Aline. Il a fallu agir vite. Dans l'urgence. J'ai eu l'idée de mettre le meurtre de Noémie sur le dos du tueur au miroir d'Aubépine, grâce à Noémie, elle-même. Elle pensait faire partie des prochaines victimes de ce cinglé. J'ai exaucé son dernier vœu. Il a fallu que ce crétin de tueur en série meure un jour avant l'assassinat de Noémie.

— Effectivement ! Ce n'est pas de chance pour vous ! dit Laplante, en enfilant les menottes à Aline et William.

— Mais, je n'ai rien fait ! protesta William. C'est Aline qui a tué Noémie. C'est elle qui a tout manigancé !

Aline lança un regard foudroyant à William.

— Si j'avais su, dit-elle, les mains attachées, je t'aurais égorgé, toi aussi !

— Aline Cardannier, je vous arrête pour le meurtre de Noémie Pissarel. William Miargot, je vous arrête pour complicité dans le meurtre de Noémie Pissarel ! dit Laplante, en emmenant les deux prévenus.

******

Le tic tac de la pendule du salon résonnait dans la vieille ferme des Partoski.

— C'est fini ! dit Benoit. Il faut se rendre à l'évidence ! Tout est terminé ! Cet inspecteur ne nous lâchera pas. Il nous a dit qu'il reviendrait.

— Il n'a rien contre nous ! dit Charlotte.

— Rien ! Tu plaisantes ou tu ne veux pas voir la vérité en face. Il possède une lettre de ce connard de Pierre m'accusant de viol sur mineur.

— Crois-tu qu'ils vont croire un homme soupçonné d'être un tueur en série ? Nous n'avons qu'à faire comme nous avons toujours fait. Nier les faits !

— Oui, tu as raison. Il faut nier, mais crois-tu que l'inspecteur va croire l'assassin de son petit frère ?

Charlotte resta muette. L'angoisse lui tordait l'estomac.

Benoit reprit.

— Lorsque l'inspecteur m'a demandé de relever ma manche pour vérifier si je n'avais pas de tatouage au bras, j'ai vraiment eu très chaud. J'ai compris immédiatement qu'il avait vu l'encre marine le jour de l'accident.

— Oui, moi aussi, j'ai eu très chaud ! Je bénis le ciel. Il n'a pas eu l'idée de me demander de relever mes manches également ! dit Charlotte, en découvrant son avant-bras pour laisser apparaître sa belle encre marine, tatouée le jour de ses 18 ans.

— Oui ! Nous avons eu de la chance, cette fois-ci ! Mais, pendant combien de temps ? Le jour où il va découvrir que tu étais au volant de la 4L au moment de l'accident, et que tu as pris la fuite, car tu n'avais pas le permis et que tu avais bu, ce jour-là, Charlotte, tu finiras en prison !

— Je sais, dit Charlotte, soucieuse. Mais, tu viendras avec moi, car, ce jour-là, je n'aurai plus de raison de te protéger pour ce que tu as fait à Pierre. On a toujours dit que c'était donnant-donnant. Notre marché était simple. Tu me couvres, je te couvre. Et crois-moi, mon vieux, si je tombe, tu tombes aussi.

— Il est hors de question que j'aille en prison ! Plutôt mourir !

— Entièrement d'accord ! Je préfère mourir.

C'est alors que le regard de Charlotte croisa celui de Benoit. Ils ne s'étaient pas regardés ainsi depuis si longtemps. Un regard qui en disait long. Ce regard où l'un pouvait lire dans les yeux de l'autre.

Instinctivement, Benoit et Charlotte venaient de se comprendre. Ils avaient trouvé la solution à tous leurs maux, la solution à tous leurs problèmes. La seule et unique solution qui apporterait à chacun, paix et sérénité. Le suicide.

Ils venaient de comprendre tous les deux qu'ils n'avaient plus rien à attendre de cette vie, et qu'ils étaient liés l'un à l'autre, dans le malheur.

Avec un sang froid impressionnant, Charlotte et Benoit programmèrent leur mort.

En une semaine, tout fut planifié.

Charlotte se rendit une dernière fois vers la vieille chapelle, là où elle avait enterré le plus sombre de ses secrets. Elle déposa un bouquet de fleurs sur la tombe clandestine de son enfant. Son bébé n'avait jamais vu le jour à terme, car elle avait préféré le perdre en provoquant une fausse couche plutôt que de lui faire subir la folie pédophile de Benoit.

À son retour, Benoit et Charlotte sombrèrent dans le néant pour l'éternité.

******

Samedi matin, une semaine plus tard…

L'inspecteur Laplante revenait tranquillement de la boulangerie, un sac de croissants à la main, une baguette de pain et le journal dans l'autre.

Il aimait ces matinées tranquilles à discuter de tout et de rien avec Anaïs, autour d'une tasse de café, en regardant leur fille gazouiller devant son doudou.

Il n'avait envie de rien d'autre ce matin. Juste de profiter du moment présent, comme le lui avait conseillé Jeanne.

— Coucou, c'est moi ! dit l'inspecteur, en rentrant. Il embrassa Rose, assise dans son parc, et déposa un baiser voluptueux dans le cou d'Anaïs qui préparait le café.

— Jeanne a téléphoné, il y a à peine cinq minutes. Elle m'a demandé de te dire que les résultats des tests ADN sur le cadavre de Pierre Divitry étaient tombés et qu'il était bien le tueur au miroir d'aubépine.

— C'est une bonne nouvelle ! dit Laplante. Là où il est, il ne fera plus de mal à personne.

— Oui, c'est un soulagement de savoir que ce malade est mort.

— C'est exact. Dès lundi, je retournerai voir les Partosky pour leur annoncer la nouvelle.

— Tu m'as dit que le procureur n'allait pas entamer des charges contre Benoit Partosky pour le viol de Pierre Divitry !

— Oui, vu les circonstances, et en l'absence de preuves concrètes, le procureur a préféré ne pas faire de remous supplémentaire sur cette histoire.

— Alors, pourquoi veux-tu retourner voir ces gens ? C'est à cause de la mort de ton frère ? Cette fameuse 4L jaune ?

— J'avoue que cela me turlupine. J'ai besoin de retourner là-bas, une dernière fois, pour être sûr et certain que ces gens n'ont rien à voir avec le décès de mon frère. Il faut que je le fasse, c'est plus fort que moi.

— Je comprends que cela te tienne à cœur, mon chéri ! dit Anaïs, en serrant son mari dans ses bras. Mais ne te berce pas d'illusions. Il est improbable que ces gens aient quelque chose à voir avec le décès de ton frère. Tu imagines l'extraordinaire coïncidence. On ne voit cela que dans les films.

— Oui, je sais, mais pour une fois que je tenais un semblant de piste.

— Je comprends ! dit Anaïs. En tout cas, quelle histoire, cette dernière enquête ! Ils en ont encore parlé ce matin à la radio. William Miargot et Aline Cardannier ne sont pas près de ressortir de prison.

— Je l'espère ! dit Laplante, en regardant la petite Rose mâchouiller son doudou en peluche avec ardeur. D'autant plus qu'Aline Cardannier est impliquée dans le meurtre de trois autres personnes.

— Ah bon ! dit Anaïs surprise.

— Le labo nous a appelés hier soir. Lorsqu'ils sont en possession d'un nouvel ADN, il le compare avec leur base de données. Il se trouve que l'ADN d'Aline Cardannier a matché avec l'ADN récupéré sur les lieux du meurtre d'une femme sur un quai de port, il y a quelques années. Une certaine Amélie Dutaurdien. Et ce n'est pas tout, à cette époque, Aline Cardannier était employée de maison d'un couple de riches industriels à la retraite. Ils sont morts dans un cambriolage qui aurait mal tourné. Je crois qu'Aline Cardannier n'a pas fini de révéler tous ses secrets.

— C'est terrible ! dit Anaïs, en servant un café à son mari. Crois-tu qu'elle aurait tué ses employeurs ?

— Je ne sais pas. Tout est possible !

En silence, Laplante ouvrit le journal et il parcourut les gros titres lorsque ses yeux se figèrent sur un article.

— Non ! Ce n'est pas vrai ! Pas eux !

— Qu'est-ce qu'il se passe ? demanda Anaïs, inquiète.

— Charlotte et Benoit Partosky sont morts. Ils se sont suicidés. Explosion au gaz. Leurs deux corps ont été retrouvés calcinés dans les décombres de leur vieille ferme.

— Oh non ! dit Anaïs, navrée pour son mari.

— C'est définitivement foutu ! dit Laplante, le moral à zéro.

Anaïs ne sut comment réconforter son mari. Elle l'entoura de tout son amour, mais elle sentait que ce n'était pas suffisant. Elle allait devoir redoubler d'efforts pour l'aider à remonter la pente.

— Ne pas savoir ! C'est ce qui est le plus dur à supporter ! dit Laplante.

Anaïs serra encore plus fort son mari.

— J'ai besoin de rester seul, ma chérie, pour faire le point ! Ne m'en veux pas ! Je vais prendre une petite douche pour me changer les idées.

Anaïs regarda s'éloigner son mari dans la salle de bain, impuissante.

******

Une heure plus tard, l'inspecteur entra dans la cuisine. Anaïs était toujours là. Rose jouait paisiblement sur son tapis d'éveil tandis que le repas mitonnait dans une cocotte en fonte.

Une odeur très agréable titilla les narines de Laplante. Il avait réussi à faire le vide dans sa tête, et à accepter ce qu'il avait toujours su.

Il ne connaîtra jamais l'assassin de son frère.

Il faut que tu vives l'instant présent ! se dit-il, en entrant dans la cuisine.

Anaïs lui sourit et il ne put s'empêcher de ressentir ce sentiment que l'on appelle tout simplement le bonheur.

Malgré ses peines, malgré ses douleurs, malgré ses doutes, Anaïs avait cet effet sur lui. Elle le rendait heureux, et la petite Rose accentuait encore plus ce sentiment.

Laplante s'assit à table.

— Tu as du courrier ! dit Anaïs. Gladys est passée pendant que tu prenais ta douche. Elle a reçu cette lettre au commissariat ce matin. Elle a tenu à te l'apporter étant donné qu'il est inscrit « urgent » sur l'enveloppe.

— Qu'est-ce que c'est ?

— Je ne sais pas. Je ne l'ai pas ouverte.

Laplante inspecta rapidement l'enveloppe et l'ouvrit. Son visage devint blême lorsqu'il sortit la photo qui se trouvait à l'intérieur. Ses mains se mirent à trembler. Une larme coula le long de sa joue.

— Je l'avais en face de moi ! dit-il, avant de lâcher la photo sur la table.

Anaïs prit la photo délicatement et découvrit une femme pas très jolie, le visage austère, les cheveux attachés en chignon, vêtue d'un t-shirt noir. Ce qui attira son attention fut le tatouage qu'elle portait au bras. Une encre marine.

— Qui est-ce ? demanda Anaïs.

— C'est Charlotte Partosky, l'assassin de mon frère.

Machinalement, Anaïs retourna la photo et elle lut à voix haute le mot écrit en majuscule, au dos du cliché.

— PARDON !

Laplante regarda Anaïs.

— Tout est fini ! dit-il, entre amertume et soulagement.

Anaïs tendit les bras à son mari pour l'entourer de tout son amour. C'était la seule chose qu'elle pouvait lui offrir à présent.

FIN

Du même auteur :

Le corbeau rouge
La poupée de chiffon
La libellule de papier

Le corbeau rouge

Normandie, au petit matin.

Elisabeth Turdou prépare, en chantonnant, le petit déjeuner pour Killian, son fils de 15 ans.

L'adolescent devrait déjà être assis à table avec sa mère, engloutissant ses tartines beurrées, mais ce matin, il est en retard.

Et cette fois, Killian a une excuse indiscutable. Il est mort.

Le jeune homme sans histoire a été étranglé dans sa chambre, en pleine nuit. Le meurtrier a laissé derrière lui une mystérieuse inscription peinte au mur.

L'inspecteur Laplante, quarantenaire décontracté, arborant une belle barbe de hipster, est chargé de l'enquête. Il rassemble les premières pièces de ce délicat et difficile puzzle lorsque cette affaire prend une tournure inattendue.

Le corps sans vie du mari d'Élisabeth, Jack Turdou vient d'être découvert dans une ruelle. Il a été assassiné. L'homme venait d'avoir une relation sexuelle et n'a pas eu le temps d'ôter son préservatif. Au-dessus de la dépouille, un message étrange en peinture rouge, dégouline le long d'un mur.

Quel peut bien être le lien entre ses deux meurtres ? Un tueur en série, un drame familial, et si la réalité était pire encore…

Le monde d'Elisabeth Turdou s'effondre, mais elle est loin d'imaginer que la série d'évènements qui va suivre va faire ressurgir les secrets les plus sombres du passé.

L'inspecteur Laplante ne sera pas au bout de ses surprises lorsque la vérité le conduira jusqu'à l'impensable.

La poupée de chiffon

Vingt ans déjà ! Vingt ans que ses yeux les ont vus mourir dans l'incendie. Vingt ans que son cœur essayait d'oublier. Vingt ans que son existence n'était plus un calvaire.
Mais, par une fin d'après-midi glacial, le passé a ressurgi, sombre, terrifiant, impitoyable.

Sur le pas de sa porte, posée comme une menace, une vieille poupée de chiffon.
Comment cette poupée pouvait-elle être là, intacte ? Elle avait été détruite par les flammes.
Ce fut une évidence. La fin de sa vie était proche. Une larme de résignation coula sur sa joue.
Une seule solution s'imposait...

La découverte de restes humains dans le frigo d'un petit appartement du quartier met en ébullition tout le commissariat.
Qui a été tué ? Où est le corps ?
L'inspecteur Laplante se lance sur la piste du meurtrier, seulement l'affaire est complexe. Le nombre de morts augmente et la victime n'est pas forcément celle que l'on croit. Mais, les secrets bien gardés finissent toujours par être découverts, laissant sans voix l'inspecteur Laplante qui n'aurait jamais imaginé une telle issue.

La libellule de papier

Tout aurait pu être parfait dans la vie de l'inspecteur Laplante et d'Anaïs : après avoir marié leur fils de 20 ans, ils allaient avoir la chance de pouponner à nouveau. Cette grossesse

tardive et inattendue les rendait fous de joie.
Oui, la vie était belle, mais en ce matin de printemps, le bonheur allait virer au cauchemar.
Après une découverte étrange, Anaïs disparaît mystérieusement.
Soudain, tout bascule pour l'inspecteur Laplante. Meurtri et inquiet pour sa femme et son futur bébé, il reçoit par coursier un vieux journal intime taché de sang. À qui appartient-il ?
Pourquoi lui est-il adressé personnellement ? Pourquoi ce sang sur la couverture ?
Sur l'entrefaite, une autre disparition est signalée. La fille du directeur de l'hôpital dans lequel travaille Anaïs.
Quel est le lien entre ces deux disparitions ?
C'est alors que d'autres faits inquiétants surgissent, plongeant l'inspecteur dans une profonde stupeur et un total désarroi.
Il est prêt à tout pour retrouver sa femme. À tout, même au pire...

Printed in Great Britain
by Amazon